光文社文庫

不幸、買います

一億円もらったらII

赤川次郎

光　文　社

目次

不幸、買います……5
老兵に手を出すな……67
崩壊家族……125
見開きの町……183
青春の決算……243
解説　山前《やままえ》譲《ゆずる》　302

不幸、買います

1

「何だ、その不景気な面《つら》は！」

叩《たた》きつけるように言われた、そのひと言。

それに続けて、

「俺の前じゃ笑顔は見せられんというのか！」

この、たった二つの言葉が、中里成利《なかざとなりとし》の人生を変えてしまったのだ。

――その日、中里は疲れていた。

前日、大阪への出張は、日帰りのはずで、遅くなっても自宅へ帰り着けば、後はぐっすり眠って、疲れは取れる、と思っていた。

ところが、大阪で訪ねた得意先の社長は、客をカラオケに誘わないと気がすまない人で、営業マンの中里のような、言うことを聞くと分っている相手を帰すわけがなかったのである。

結局、午前三時まで、この社長は歌いまくって、それから中里を飲みに引張って行った。

解放されたのは、もう夜が明けてくるころで、中里は一番早い新幹線で東京へ戻るために、一睡もしなかったのだ。しかも、すっかり予定が狂ってしまったために、新幹線の中でも仕事をしなくてはならなかった。

一旦《いったん》自宅へ帰り、ひげを剃《そ》ったりして、そのまま出社。

その日の午後には、中里にとって一番大事な客との約束があったのである。

長い付合いのこの客とは、むしろ会っていても気が楽だった。四十七歳の中里から見ると、ほとんど父親のような、七十近いその老人は、入社早々のころから中里を気に入ってくれていたのである。

だから、中里の方にも多少「甘え」があり、「気のゆるみ」もあったことは、否定できない。

午後三時、という約束の時間も最悪だった。

昼食をとって——あまり食欲はなかったが——から、猛烈な眠気が中里を襲った。

前日からの無理を考えれば、眠くならない方がどうかしているのだが、仕事は山積し、三時には「来客」がある。中里は何とか眠気と闘いつつ、仕事を続けた。

そして午後三時。――その客は時間通りにやって来た。年齢《とし》のせいもあって、時間を持て余している。

ただ、客は、いつになく不機嫌そうだった。中里は、疲れと眠気で、それに気付かなかったのである。

中里は、新しい商品の説明を始めようとした。――疲れていたが、そのときは何とかいつものように笑顔を作っていることができたのである。

「昨日は、帝劇へ行って来たんだ」

中里の話の合間に、老人が言い出した。ごひいきの女優が帝劇に出ていることを、中里も知っていた。そして、今まで何十回となく聞かされた、「その女優と一回だけ口をきいた話」を、また聞くはめになったのだ。

いつもなら、さも興味を持っているように、あいづちを打ちながら聞くのだが、このとき、中里はあまりに疲れ切っていた。

つい、欠伸《あくび》が出そうになるのをかみ殺し、ため息をついた。気付かれていない、と思っていたのだ。

だが、老人の方は、中里が身を入れて聞いていないことに、とっくに気付いていた。

そして、その腹立ちは、

「何だ、その不景気な面は！」

という声になって、平手打ちのように中里の顔へ叩きつけられたのだ。

「俺の前じゃ笑顔は見せられんというのか！」

老人の声にびっくりして課長が飛んで来た。

平謝りに謝る上司の声を、中里は遠いこだまのように聞いていた。

「お前は席へ行ってろ！」

と、課長は中里を追いやった。

中里は、フラフラと力の抜けた足どりで席に戻った。

中里にとって、怒鳴られたこと自体がショックだったわけではない。営業マンなど、いちいち怒鳴られる度にショックを受けていたら、とてもやっていけない。

だが――あの長い付合いの老人とは、もちろん「客と営業マン」の立場はあるにせよ、それ以外の人間的な部分で、互いに分り合っていると思っていた。向うも、中里のことを一人の人間として見てくれている、と……。

だが、あの罵《ののし》りの言葉は、そんな中里の幻想を吹き飛ばした。

あの老人にとって、中里はただ「話を聞かせるのに具合がいい」だけの人間だったのだ……。

中里は、席につくと、笑った。

声を上げて笑ったわけではない。——営業用の笑顔を作ったのだ。

笑顔だ。——そうだ、笑顔でいることだ。

内心、どんなに相手を馬鹿《ばか》にしていようと、この「笑顔」を忘れるな。この笑顔を……。

「中里さん、大丈夫ですか？」

営業の雑務をこなしてくれている、桜井佐知子《さくらいさちこ》が、お茶を持って来てくれた。

「うん。——大丈夫だよ」

中里は、笑顔を向けて言った。「いつもと変らないだろ？　ね？」

2

「ね、あの人、気持悪い」

と言い出したのは、クラスメイトの今日子《きょうこ》。

「え？」

亜由美《あゆみ》は、まだ涙が乾き切っていなくて、今日子が何を言い出したのか、よく分からなかった。「——何が気持悪いって？」

「あの男の人」

今日子がテーブルに肘《ひじ》をついたまま、そっと指さす。

その先を辿《たど》ると——こんなハンバーガーショップには、ちょっと似合わないような中年の男。

といって、特別変った格好をしているわけではない。背広にネクタイ。当り前のサラリーマンである。

ただ、変っていることといえば、一人でいるのに、その男がニコニコ笑っていることだった……。

「何だか楽しそうだね」

と、亜由美は言った。

「あの人、一緒に見てたのよ、映画」

「今の映画館で？　気が付かなかった」

「私の席からちょうど見えてたの。だけどさ、映画始まる前にもああしてニヤニヤしてたのね。それで、映画終ったときに見たら、やっぱりああやってニタついてるの。変でしょう？」

「へえ……」

亜由美は、改めてその男を見直した。

髪はほとんど白くなっているが、顔立ちはそれほど老《ふ》けていない。ハンバーガーを食べながら、コーヒーを一口ずつ飲んでいる。一口食べては一口飲む。——それが、おかしいほど律儀《りちぎ》だ。

「おかしいんじゃない、あの人？」

と、矢川《やがわ》今日子は顔をしかめた。「あの映画見てニヤニヤ笑ってられるなんて、信じらんない」

確かに、試験のすんだ今日、亜由美と今日子が見に来たのは悲しい恋物語で、映画のラストで恋人たちが引き裂かれていくところでは、映画館の中には、すすり泣きの声があちこちで上った。

亜由美はもともと涙もろいが、今日子はクールで、滅多に泣くことはない。でも、その今日子でさえ、あのラストでは目頭をそっと拭《ぬぐ》っていた。

それが……満面に笑みを浮かべていたというのは、やっぱり何だか変っている。

「色んな人がいるから。あんまりジロジロ見ない方がいいよ」

と、心配性の亜由美は今日子に言った。

「うん。ま、人、それぞれだもんね」

二人は、今見た映画の話を始めた。

すると――店の出入口の方で、

「キャッ！」

と声が上った。

見れば、両手に荷物を持ったおばさんが、店へ入って来た所で、足を滑らせて転んでしまったのだ。こういう店は、子供が飲みものをよくこぼしているので、靴が滑ったのだろう。

亜由美が手助けに行こうとしていると、あの男が素早く駆け寄って、

「大丈夫ですか？――立てますか？」

と、転んだおばさんに手を貸して立たせている。

その行動の素早さは、亜由美も感心するほどだった。やっぱり人は見かけによらないものだ。

「ま、どうも……」

と、そのおばさんは立ち上ったが、こんなとき、人は「みっともない」という思いが

先に立って、却《かえ》って構われたくない、という気になる。

「大丈夫ですか？」

「何ともありません！　もういいんです」

と、そのおばさんは顔を真赤にして、「どうしてこんなに滑るのよ！　ちゃんと拭《ふ》いといてくれなきゃ！」

腹立たしげに言ってから、そのおばさんは、助け起してくれた男を見た。

「――何を笑ってるのよ」

と、顔をこわばらせて、「そんなに面白かった？　私が引っくり返ったのが、そんなにおかしい？」

「いえいえ、そんな……」

男の方はいい迷惑だろうが、しかし、そんな文句をつけられても、男は笑顔のままなのだった。

「だって、笑ってるじゃないの！　おかしいから笑ってるんでしょ！」

と、おばさんが食ってかかる。

「いえ、僕はただ……すみません、そんなつもりでは――」

「あんた、わざとここに何かこぼして、人が転ぶのを見て面白がってるんじゃないの？

もし私がけがしてたら、どうしてくれるのよ！」

人前で恥をかいた、という思いで、気持がたかぶっているのだろう。おばさんはますますカッカしていた。

亜由美はたまりかねて、

「待って下さい」

と、駆け寄った。「落ちついて下さい」

「何よ、あんた？」

「私、この人と同じときに店に入ったんです。この人は、コーヒーとハンバーガーを買って、そのままあの隅のテーブルで食べてたんです。飲みものをわざとこぼすなんてこと、できっこないですよ。転んだのを助けてくれたのに、そんな言い方ってないんじゃないですか？」

言いながら、自分でもびっくりしていた。大人に向って、こんな口のきき方をしたことはない。

相手のおばさんの方は、今度は亜由美のことを親の敵みたいににらみつけていたが、

「——大きなお世話よ！」

と、ひと言、店を出て行ってしまった。

「亜由美」

と、今日子がそばへやって来て、「ハラハラさせないでよ」

「うん……。でも、何だか……黙ってらんなくて」

「ありがとう」

と、男が言った。「本当にありがとう」

「いいえ」

亜由美は、そのときになっても男が笑顔のままで、それでいてその目が悲しそうに見えるのに初めて気付いた。

「あの……こんなこと訊《き》いて、気を悪くされると困るんですけど――」

と言いかけると、

「いいんだ。気を悪くしたいくらいなんだけどね。この笑い顔のことだろ？　自分でもどうしようもないんだ。――笑顔のまま、どうやっても変らないんだ」

と、男は言った。

それを聞いた亜由美と今日子は思わず顔を見合せた。そして、亜由美が、

「そんなことって――」

と言いかけたとき、店の自動扉がガラガラと開いて、

「亜由美」

振り向いた亜由美は、

「お母さん！　買物？」

「ええ。表を通りかかったら、見えたから……」

「あ！　気を付けて、足下、滑るよ」

しかし、亜由美の言葉は、母の耳には入っていないようだった。

「――中里さん！」

「やあ……。桜井さんか」

「どうしてらしたんですか？　心配してたんですよ」

「――お母さん、知り合い？」

「桜井君。君の娘さんか」

「ええ。娘の亜由美です」

「そうか……」

「でも――お元気そうで良かったわ。急に会社を辞めてしまうんですもの。どうしたのかと――」

「会えて良かった」

と、中里は急いで言った。「それじゃ、これで」

中里は逃げるように店を出て行く。

「中里さん！――どうしたのかしら」

「お母さん、今の人……」

「同僚だった中里さんよ。亜由美、今、何かあったの？」

母、桜井佐知子の問いにどう答えたらいいのか、亜由美は困って、

「ね、お母さんも、ハンバーガー、食べる？」

と訊いたのだった。

3

「世間には色んなカップルがいるものだな」

と、宮島勉《みやじまつとむ》は言った。

秘書の田ノ倉良介《たのくらりようすけ》は、スケジュール帳をくっていた手を止めて、

「珍しいですね」

「何がだ」

「先生と同じことを、私も考えていました」

「お前はまだ三十じゃないか。七十近い私と同じことを考えていたからといって、喜んではいかん」

「別に喜んじゃいませんが」

と、田ノ倉は澄まして、「それに私は三十ではありません。三十一です」

「大して違わん」

「先生は、どこのテーブルを見て、そう思われたんですか」

ホテルのラウンジに、大金持である宮島とその秘書、田ノ倉はもう三十分近く座っていた。

ここで会うことになっていた、フランスからの客が、飛行機の遅れで約束の時間に来なかったのである。

連絡が入って、「成田からそっちへ向っている」と言われては、帰ってしまうわけにもいかず、二人は珍しく時間を持て余していた、というわけだ。

「お前はどこを見ていたんだ？」

と、宮島が訊いた。

「あの、入口近くのテーブルです」

田ノ倉の視線を追って振り向いた宮島は、

「あの二人か？　あれは夫婦だろう。どこが面白いんだ？」

「二人でコーヒー一つ頼んで、交互に『おかわりを』と言って、もう三杯ずつ飲んでいます」

「ケチなだけだろう」

と、宮島は笑って、「それより、ほら、向うの奥の席」

今度は田ノ倉が振り向いて、

「――はあ」

少しの間、じっと見つめて、「確かに」

「な？　女の方はさっきから悲嘆に暮れているぞ」

「そのようですね」

実際、女はハンカチを手に握りしめていて、時折目に当てたりしている。そして視点もどこやら床の一点に向いていて、連れの男の方は見ようともしないのだった。

女は四十代だろうか、仕事をきちんとこなすベテラン社員という印象だ。

そして、男の方はといえば――。

「夫婦でしょうか」

「いや、それにしては他人行儀なところがある。といって、道ならぬ仲に悩んでいるとも見えまい？」

「少なくとも、男の方は、ですね」

田ノ倉は肯《うなず》いた。

男はもう五十過ぎか、髪もほとんど白くなっている。そして、女が愁《うれ》いに沈んでいるのとは対照的に男はにこやかな笑顔を見せているのだ。

もう大分前から座っているらしい。水のグラスが空っぽになっているが、ウエイトレスも注《つ》ぎに行こうとしない。

「――四時ですね」

と、田ノ倉は腕時計がちょうど四時を指したのを見て言った。「さっきの様子からすると、あと十五分くらいで着くでしょう」

「見ろ」

「は？」

あの二人が席を立った。

女が先にラウンジから出て、男は支払いをした。

男は相変らずニコニコ笑っていて、レジの女性がつい笑顔を返していた。

二人が連れ立って行ってしまうと、

「——心残りだな」

と、宮島が言った。

「先生。もう先方がみえますよ」

「そうか。仕方ない」

宮島は独り身で、さほど熱心に仕事をしていなくても、財産は充分にある。むしろ、「人間観察」の方に関心があるのだった。

それを手伝っているのが秘書の田ノ倉である。田ノ倉は——。いや、ここへ飛び込んで来た少女の方へ目を移そう。

「すみません！　うちの母、見ませんでしたか？」

だしぬけにそう訊かれて、ウエイトレスがポカンとしている。少女の方も、自分の訊き方が無茶だと分ったのだろう、

「すみません」

と、頭を下げると、ラウンジの中を見回した。

ひどく不安げな様子。——宮島は、その少女を手招きした。

「あの……」

「お母さんを捜してるのか？　お母さんは一人かね？」

「いいえ、たぶん——男の人と一緒です」

「まあ、そういう二人連れは沢山いるが、何か特徴は？」

「あの——男の人の方は、いつもニコニコ笑ってると思います」

「その人なら、ついさっきまでいたよ」

と、田ノ倉は言った。

「本当ですか！　二人で出て行ったんですね？　どこへ行ったか、分ります？」

「さあ、そこまでは——」

と田ノ倉が言うと、

「おい、一緒に捜してあげろ」

宮島の言葉に、今度は逆らう気にもなれない。田ノ倉は、その少女と二人でラウンジを出た。

「——こっちの方へ歩いて行ったと思うんだけどね」

と、田ノ倉は急いで歩きながら言った。

「すみません、お忙しいのに」

「いや、これも仕事さ」

「私、桜井亜由美といいます。母は佐知子です」

「一緒の男の人は――」

「父じゃありません。中里さんって、母の恋人なんです」

「ほう」

「でも、不倫の関係じゃありません。父は私の小さいころ亡《な》くなって、母はずっと独りですし、中里さんもこの間奥さんに逃げられて――」

「なるほど。それで、どうして君はそんなにあわててるんだ?」

「もしかすると……二人で心中しちゃうかもしれないんです」

田ノ倉もさすがにびっくりした。いちいちわけを聞いている暇はない。

「急ごう」

と、小走りにホテルのロビーを抜けて行った。

ホテルのロビーを走る人間というのはあまりいないので、二人は大いに人目をひいたのである。

「――これで、すぐに死ねるわ」

と、佐知子はてのひらにのせた白い錠剤を中里へ見せて言った。

「佐知子……」

中里が何か言いかけたが、やめた。

「もう決めたことですもの。今さら迷うのはやめましょうね」

――ホテルの一室。

中里と佐知子はベッドに並んで腰をおろし、身を寄せ合っていた。

「だけど……僕は一人だからいいが、君には亜由美君がいる」

「あの子はしっかり者だから、一人でもちゃんと生きて行くわよ」

と、佐知子が微笑《ほほえ》んで、「あなた一人を死なせるのなんて、いやだわ」

「僕はこの……いまいましい笑顔がある限り、まともな人生は送れないんだ。もうくたびれたんだよ、笑ってるのも。それでいて、やめられない」

「何だか変ね。その笑顔でため息ついてるのって」

「そうだろうね。考えただけでもおかしい」

「ね、私が先よ。ちゃんと約束を守ってね」

「うん。だけど……」

「私がこの薬をのんで、死んだら、自分ものむのよ。私、あんまり薬が効かないたちなの。心中しそこなって、一人で生きてるのなんかいやだもの」

「分ったよ」

二人は軽く唇を触れ合った。

「佐知子……」

「あなたの笑顔を見ながら死ねるなんて、幸せだわ」

と、佐知子は右手に薬、左手に水のコップを持って、「それじゃ……」

と、口の中へ錠剤を放り込もう——とした。

そのとき、ドアがパッと開いて、

「お母さん！」

と、飛び込んで来たのは、亜由美だった。

「亜由美——」

一緒に入って来た男が、佐知子の手にしているものを見て、

「やめろ！」

と叫んで、飛びかかった。

「すると……」

田ノ倉は床から拾い上げた白い錠剤をまじまじと見て、「ただの、ビタミン剤？」

「ええ」

と、佐知子が肯く。

「お母さんたら、人騒がせなんだから！」

と、亜由美がプリプリして、「ホテルの人をおどしつけて、マスターキーで開けて飛び込んだのに」

「お母さんが、どうしてあなたを残して死ぬのよ」

「だって……」

「風邪ひいて、死ぬかもしれないわ」

佐知子は、タオルでせっせと首筋を拭いていた。

田ノ倉が飛びかかった拍子に、手にしたコップをはね飛ばし、入っていた水は佐知子の顔にかかって、首から胸へと流れて行ったのである。

「失礼しました。着替えを買ってきましょうか？」

「いえ、結構です。ちょっと……。気持悪いから、ブラジャーだけ外して来ます」

佐知子はバスルームへ入って行った。

「田ノ倉さんが謝ることないよ」

と、亜由美が言った。「お母さんがいけないんだから」

「いやいや、元はと言えば僕のせいだ」

と、中里が言った。

「病気なんでしょうか、一種の？」

と、田ノ倉は、にこやかな笑顔を見て言った。

「そうですね。——精神科、神経科、心療内科……。至る所へ行ってみましたよ。でも、結局、この笑顔を消すことはできなかったんです」

「何かお仕事に？」

「いえ、どこも断られてしまうんです。初めは、快く雇って下さる所もあったんですが、やはり不景気と、この笑顔のせいで……」

「笑顔じゃだめなんですか」

「商売のときはいいんですがね。お得意先の母親のお葬式に伺ったときに、『人を馬鹿《ばか》にしている』と先方が怒ってしまわれて……」

「なるほど」

「それで、すっかりいやけがさしてしまったんです。死のうと思う、と話したら、佐知子さんも一緒にと……」

「しかし、お芝居だったわけですね」

「当然のことです。こんな可愛《かわい》いお嬢さんを残して、死ねるわけないですよ」

と、中里は亜由美を見て言った。「分ってはいましたが、騙《だま》されているふりをしなくては、すまないと思って……」

「――ひどいわ」

それを聞いて、バスルームから出て来た佐知子が言った。「こっちは一生懸命だったのに」

田ノ倉は、濡《ぬ》れたベッドにタオルを広げて、

「――その笑顔を、お金で消せるのなら、一億円さし上げるんですが」

と言った。

「――は？」

中里と佐知子が、聞き間違いかというように、顔を見合せた……。

4

「要するに、表情が作れないのよ」

と、亜由美は言った。

「でも、笑ってるじゃない」

「そうだけど、あれが、『表情のない状態』なの。分る？」

「よく分んない」

矢川今日子と、今日も二人である。

学校は今日、行事があって昼で終り。

平日なのにお昼までというのだから、二人とも真直《まっす》ぐ帰るわけがない。

お天気も晴れて爽《さわ》やかで、二人はぶらぶらと駅に近い公園を歩いていた。

「——でも、いい人なんだ。奥さんに逃げられたなんて、可哀《かわい》そう」

「どうして逃げられちゃったの？」

「会社、あのせいでクビになったからよ。子供もいないし、奥さん、いやになってたみたい」

「そんじゃ、無理して一緒にいることもないよ」

「まあね……。でも、考えてみて。一生ずっとニコニコ笑って過すっていうのも……」

「結構辛《つら》いかも」

「お母さん、中里さんのこと好きなんだけど、ずっと夫のこと養っていくわけにもいかないものね」

「何か手はないの？　いきなり後ろから『ワッ！』っておどかすとか」

「あのね、しゃっくりじゃないんだから」

　と、亜由美は苦笑いした。

「ウーン……」

　と、今日子は考え込んで、「あの悲しい映画でもニコニコしてたんだものなあ」

「そうなのよ。悲しい映画、お芝居、音楽……。片っ端からためしてみたけど、むだだったの」

「悲しくならないの？」

「そうじゃないのよ。悲しいって気持にはなる。だけど、あの顔はちっとも変らないの」

　亜由美は足を止めて、「ね、何か食べようか？　私、この後、お母さんたちと待ち合せてるんだ」

「いいよ。それじゃ、たまにはしっかり食べるか」

「うん！」

　二人は、ボリュームもたっぷりあるイタリアンレストランへ向った。もちろん、ピザかスパゲッティ。

「お母さんたちって。――」

「中里さんとお母さん、旅行してたの。温泉でね、この三日間」

と、亜由美は微笑んで、「婚前旅行ってわけね」

「やるじゃない！　それなら、亜由美がやっても叱《しか》られないね」

「何でそういう話になるのよ」

と、亜由美は今日子をにらんで頬を赤らめた。

「ほらほら。赤くなって！　分ってんだから」

「分ってるって、何が？」

「とぼけんじゃないの。K大の藤田《ふじた》君って子と、この間渋谷《しぶや》の町を手つないで歩いてたって」

「あ……。何よ、それ！　どこで聞いたの？」

亜由美は焦《あせ》りまくって、「ね、誰にも言わないでね、お願い！」

と、おがみ倒さんばかり。

「へへ、高くつくぞ」

「このお昼、おごるからさ！」

「それぐらいで、二人してホテルに行ったのを黙ってろっていうの？」

「ホテルだなんて……。行ってない！　そんなのデマよ！」

「分った分った」

と、今日子は笑いをかみ殺して、「引っかけようとしたんだけど、しくじったか」

「ひどい奴《やつ》！　それでも親友？」

と、亜由美は口を尖《とが》らしている。

「だって、その近くを手つないで歩いてりゃ、怪しいよ」

「お母さんなんかには絶対内緒よ！」

「はいはい。——あ、ここだよ」

二人は、イタリアンレストランに入って、落ちついた。

「私、ステーキ食べよう」

今日子は、亜由美が払うとなると、急に気が大きくなった様子。「——いい？」

「いいよ。何でも好きなもの食べて」

「い、い、ゆとりあるじゃない」

——まあね。

亜由美も、まさか今日子に言えやしない。見も知らない人が一億円くれたんだ、って
……。

いや、もちろん、あの田ノ倉っていう人がくれると約束したのは、「中里さんを治すため」であって、亜由美が友だちとお昼を食べるためではない。

でも――一億円あるんだもの！　ここの何千円くらい払っても、分りゃしないだろう。

そう。母と中里さんが温泉へ旅しているのも、そのお金あればこそなのである……。

お母さんたち、そろそろ東京駅へ着くころだな、と亜由美は思った……。


車体が横に揺れて、その慣れない動きで中里は目を覚ました。

「今、起そうと思ってたところよ」

と、佐知子は言った。

「――もうじきだね」

中里は、窓の外へ目をやって、「あと二分十五秒」

「まあ、どうして分るの？」

「営業マンだよ。年中出張してると、この風景とは、もうなじみになっちゃうんだ」中里は、伸びをして、「ちょっと顔を洗ってくる」

と、立ち上った。

平日の午後、まだお昼過ぎである。車両には数えるほどしか客がいなかった。

洗面所へ行って、顔を洗う。自然、目の前の鏡に、自分の顔が――笑顔が――映っている。

元に戻っていないことは、佐知子の様子を見ていれば分る。――一体、いつまでこんな状態が続くんだろう？

一生？――そう考えると恐ろしくなる。

佐知子が、気をつかって自分でも笑顔を作ってくれたりしているのを、中里は痛々しい思いで見ていた。

本当なら――妻と別れてしまってすぐに、佐知子のようなすばらしい女性と出会って、こんな幸運は滅多にあるものではないはずだが、それを素直に喜べないことが辛い。

しかも、顔では心から嬉《うれ》しそうに笑いながら、である。

「――荷物を下ろそう」

と、中里が棚からボストンバッグを下ろす。

列車はスピードを落としていた。

「さっき、あなたが眠っているとき、車内販売の人が通ったの」

と、佐知子が言った。「私、コーヒーを買ったんだけど、そのとき売り子の女の人があなたの寝顔を見てね、『よっぽどいい夢を見てらっしゃるんですね』だって」

「そうか」

「いい夢を見させてもらったのは、こっちなのにね」

と言うと、佐知子は素早く中里にキスした。

中里はびっくりした。

「列車の中だよ」

「誰も見てないわ。——あと何秒？」

中里は反射的に窓の外を見て、

「十五秒でホーム」

と言った。

「じゃ、行きましょ」

列車が停《とま》ってドアが開くまでに、十六秒かかった。

「——真直《まっす》ぐホテルへ？」

「そうだね」

と、中里は腕時計を見て、「田ノ倉さんを待たせちゃ申しわけない」

二人は地下鉄への階段を下りて行った。

「――こんなぜいたく旅行をしたのは、初めてだよ」

と、中里が言った。

「そうね」

「しかし……田ノ倉さんの期待を裏切って申しわけない」

「そんな……。まだまだ一億円使い切るには先があるわ」

「ああ。一億円か……。ふしぎな人がいるもんだな」

と、中里は首を振って言った。

「どうしたらいいのかしら？」

「さあ……。君はどう思う？」

――田ノ倉の申し出に、二人はためらった。

そんな大金を持ったら、ろくなことが起らないような気がしたのだ。

とりあえず、中里の「顔」を元の通りにするために、映画やお芝居を見たり、この旅行をしたり、という費用を、その都度田ノ倉から出してもらっていた。

今日は田ノ倉とホテルで会うことになっている。旅行の成果の報告だが、その点では心苦しい結果になってしまった。

「――あんな大金は、やっぱりもらえないよ」

と、中里は電車を待つホームで言った。「他に必要な人がいくらもいる」

「ええ、そうね。――ちょっと残念だけど」

と、佐知子は微笑んで、「でも、分ってるの。そんなお金、身につきはしないって」

「君がそう言ってくれて嬉しいよ。――僕も、何とかこのままでやれる仕事を捜す」

「そうね。何なら、それまでの生活費だけいただいたら？」

「いや、それはだめだ」

中里は首を振って、「その方が楽だと、真剣に仕事を捜さない。自分たちで何とかしよう」

「分ったわ」

佐知子は、中里のこういう真面目《まじめ》さにひかれたのだが、同時に、この几帳面《きちようめん》なところが、この笑顔になってしまっているのだろうと思う。

仕方ないわ。人は、右と左を同時に向いていることはできないのだから。

5

「そうですか」

田ノ倉は、少し難しい顔になって、「心からリラックスできれば、それで元に戻るかと思ったんですがね」

「いや、申しわけありません」

と、中里は言った。「充分にリラックスして、本当に楽しんだのですが」

「それで、田ノ倉さん」

佐知子が代って、「中里さんとも話し合ったんですけど――」

「そうです。私にも、本来の仕事がありましてね」

と、田ノ倉は遮《さえぎ》って、「いつまでも、あなた方の出納係をやってはいられない。お分りですか」

「はあ。それで――」

「ともかく、今日は残りをお持ちしました。後は、お二人でどうするか決めて下さい」

中里と佐知子は顔を見合せた。

「残りというと……」

中里がおずおずと、「お金の残りのことですか？」

「他に何もお預りしていませんよ」

田ノ倉は、椅子《いす》の後ろに置いてあった、大きな手さげ袋を重そうに持って、「さ、どうぞ。九千九百七十……何万かです。端数《はすう》は、この封筒に」

硬貨の入った封筒がテーブルに置かれる。

佐知子は、手さげ袋の中を覗《のぞ》き込んで、めまいがした。——一万円札の束が詰っているのだ。

「大丈夫ですか?」

と、田ノ倉が言った。

「大丈夫……じゃありません。こんな大金……。持って歩けませんわ、怖くて」

「凄《すご》いもんだ」

中里もびっくりしてはいたが、同時にニヤニヤしているのが、何だか妙に似合っていた。

「じゃ……どうします? 一旦《いったん》銀行へ預けますか」

「そ、そうです! そうします。まさか家にこんなもの、持って帰れないし」

「分りました。取引銀行は? この近くに支店があれば入れられますよ」

「でも……何かと思われますわ」

佐知子は、ハアハアと息をして、「それじゃ……家へ帰って、通帳を取って来ます。いつも行く支店へ、車で運びますわ」

「じゃあ、タクシーにも乗りにくいでしょう。僕の車で」

と、田ノ倉が言うと、

「お願いします！」

と、中里と佐知子は一緒に言って、頭を下げた。


「やあ」

たった今、話題にしていた当人が、目の前に現われる。――こんなことも人生にはあるのだ。

「藤田君……」

亜由美は、目を疑った。「どうしたの？」

「友だちと昼、食べてたのさ」

K大生の藤田誠一《せいいち》は、まあたいていの女の子が見て、「すてきね」と言うタイプの若者である。

スマートで、垢抜《あかぬ》けていて、お洒落《しやれ》。

二人で話すことというと――正直、亜由美は藤田とそれほど親しくない。実はまだやっと一回デートしただけ。

それを、友だちに見られたというわけである。

「いいかい？」

と、藤田は、食事が終ってデザートを食べていた二人のテーブルに加わった。

もちろん、亜由美がいやなわけはない。

亜由美が今日子を紹介すると、

「一番仲がいいんだろ？　亜由美から聞いてるよ」

「亜由美、私のこと話したの？　何を言ったのよ！」

と、今日子がふざけてにらむ。

「別に……。悪いことなんか言ってないわ」

「どうせ、引き立て役ですから、私は」

と、面白がって今日子はすねて見せた。

「成績、いいんだってね。いつも教えてもらってるって言ってたよ」

「あ……。そうですか？　まあ、理数系は私の方がやや
いいかな」

と、今日子も少し照れている。

「君もＫ大を受けるの？」

「え？」

今日子がびっくりして、「亜由美、K大を受けるなんて言った?」

「ああ……。ふっと思っただけよ。大体、私の学力じゃ受かるかどうか」

と、頰を染める。

K大は私大の中でもお金のかかることで有名なのだ。——もちろん、亜由美だって、
K大へ行きたいなんて、本気で思ったことはなかった。——ついこの間までは。

あの田ノ倉さんの「一億円」の話が本当なら。

そしたら、私がK大へ行くくらい、どうってことはないだろう。

亜由美はそう思ったのである。

——藤田もコーヒーを頼んで、三人はしばらくおしゃべりをした。

話題も豊富で、藤田のことを今日子もすっかり気に入った様子。

それはそれで、亜由美は心配しているのだった……。

「おっと、忘れてた」

と、藤田は腕時計を見て、「銀行へ寄ってかなきゃ」

「ごめんなさい、引き止めて」

と、亜由美も立ち上った。

「楽しかったよ」

三人は席を立って、亜由美が支払いをすませた。

先に外へ出た藤田と今日子がおしゃべりしているところが中から見えて、亜由美はいささか面白くなかった。

それに、コーヒー代、自分で払うとは藤田は言わなかった。うっかり忘れているだけだろうけど……。

「――お待たせ」

と、外へ出て、亜由美は言った。「じゃあここで――」

当然、今日子が気をきかして消えてくれると思っていたのだ。

でも、今日子は、

「あら、駅前まで行くんだもの。せっかくだから一緒に行きましょうよ」

と、藤田を見て、「ねえ」

「いいね。それじゃ行こう」

――亜由美は、藤田と今日子の後ろをついて歩くことになってしまった。

どうなってるの？

亜由美は一人、むくれていた。

「間に合った」

車を出て、中里はホッと息をついた。

銀行は三時で閉る。――道が混《こ》んで、十分前に辛うじて着いたのである。

「ここですね？」

と、田ノ倉が佐知子に念を押す。

「はい、いつもこの支店で。窓口の人も、顔を憶《おぼ》えててくれてますから」

「じゃ、行きましょう」

例の手さげ袋を田ノ倉は、中里へ、「さあ、これはあなたが持って下さい」

と渡した。

「足が震えますよ」

と、中里は笑顔のまま青くなって言った。

三人が中へ入って行くと、中は大分混み合っていた。

「番号札を取って来ます」

と、佐知子が、順番待ちの札を取りに行く。

「この手さげ袋の中を一目見せりゃ、すぐやってくれるでしょうに」

と、田ノ倉が言うと、

「でも、あれが彼女のいいところなんです。ともかくまっとうに生きようと思ってる人なんですよ」

と、中里が言った。

「いや、全く」

と、田ノ倉は笑って、「あなた方は似合いのご夫婦になりますよ」

「しかし……」

と、中里が目を伏せる。

「違うんですか？　だって、ご一緒に旅行までされて――」

「もちろん！　もちろん――そうなれば幸せです。私はね。でも……彼女にとってはどうでしょうか。一生、働き口のない男と添っていけるかどうか……。きっと、いつかいやになってしまう日が来ると思うんです」

「しかし、佐知子さんは……」

「ええ、そのつもりだと思います。田ノ倉さん。あの金は、もし私が姿を消してしまったら、彼女のものになるんですか？」

田ノ倉は肩をすくめて、

「一億円を渡した後のことについて、いちいち、こっちでは指示しません。ただ、結果を報告していただくだけでね」

「そうですか」

それ以上話はできなかった。佐知子が番号札をもらって戻って来たのだ。

「大分待たされそうですわ」

と、佐知子は言った。「あなた——どこかへ座ったら？」

「やめてくれ。別に体の具合が悪いわけじゃない」

「ごめんなさい、そんなつもりじゃ……」

「分ってるよ」

と、中里は言って、店内の時計を見た。「あと五分くらいでシャッターが下りるな」

じき、三時になるところで、行員の、係の人間が正面入口の方へと向った。

ガラッと自動扉が開いて、入って来たのは——。

「亜由美」

「あれ、お母さん？」

亜由美と佐知子は顔を見合せて、

「いけない！」

と、同時に言った。

「忘れてた、待ち合せてるの」

と、亜由美は言って、「——お母さんも？」

「うん」

「何だ」

と、亜由美は笑ってしまった。「——中里さん、こんにちは」

「お母さんを留守にさせて悪かったね」

「いいえ。羽根、のばしてました」

「亜由美……。お友だち？」

と、佐知子は、藤田のことを見て、言った。

「あ、そう……。あの、これ……矢川今日子」

「今日子ちゃんは知ってるわよ」

「それで……この人、K大の学生で、藤田さんっていうの」

紹介しておいて一人で赤くなっている。

「どうも……」

佐知子はポカンとしていた。

「藤田さん、用、すましちゃったら？」

と、今日子が言った。

「あ、そうだね。ちょっと失礼」

藤田は、カウンターの方へ行くと、窓口の女性に声をかけた。

その女子行員が奥の席の上司へ取り次ぐと、

「こりゃどうも……」

と、大分頭の薄くなった上司があわてて飛んで来て、「どうぞこちらへ」

と、傍の戸を開けて、藤田を中へ入れた。

藤田は案内されて、奥の応接室らしい部屋へ入って行った。

「――亜由美」

と、佐知子が言った。「どういう人なの、あの人？」

「お父さんが、どこかの社長さんとか……」

「でしょうね」

と、佐知子が肯いた。

店内にポロンポロンとチャイムが鳴り渡って、同時にガラガラと音がして正面のシャッターが下り始めた。

三時になったのだ。

もちろん、店内はまだ大勢客が残っているので、後は脇《わき》の通用口から出ることになる。

シャッターが半分ほど閉ったときだった。

誰かがそのシャッターの下をくぐって、扉をこじ開け、中へ飛び込んで来た。

一人ではない、二人だ。

「――動くな！」

と、マスクにサングラスの男は、拳銃《けんじゅう》を構えて叫んだ。「みんな動くな！」

もう一人も同じくマスクとサングラスをつけ、布袋をかかえていた。

「動くと撃つぞ！」

上ずった声が行内に響いた。

ガシャン、と音がして、シャッターが床まで下りた。

6

「みんな、床へ座れ！」

と、銀行強盗は叫んだ。「早くしろ！」

田ノ倉は、

「逆らわない方がいい」

と、小声で言った。

客たちは、青くなって床にペタッと座り込んだ。

「お尻《しり》が冷たい」

と、今日子が呟《つぶや》いた。

「金を出せ！」

と、男が叫ぶ。「おい、窓口の金だ」

袋を持った方が、カウンターに手をかけて、乗り越えると、

「この中へ現金を入れろ！」

と怒鳴った。「早くしろ！」

窓口の女性が震える手で、現金を袋の中へ入れる。ジャラジャラと音がした。

「硬貨は入れるな！」

と、拳銃を持った男が言った。「重くて持てなくなる」

「だけど……あんまり札がないぜ」

「奥のテーブルだ！」

袋を引きずりながら、机の上の現金を集めて行く。

「だけど……二、三百万だよ、これじゃ」

「出させろ！」

と、苛立《いらだ》った様子で、「おい、責任者はいねえのか！」

誰も動かない。

「支店長はどこだ！」

「あの……応接室です」

と、女性行員が言った。

「引張って来い！」

亜由美が息をのんで、

「藤田君が……」

と、立ち上りかける。

「だめよ！」

と、佐知子が腕をつかんだ。

「だって――」

応接室から、

「乱暴はやめなさい！」

と、震える声で言いながら、背広姿の支店長が出て来る。

「――おい」

と、拳銃を持った男は、「応接室に一人でいたのか？　変だぜ。よく捜せ」

亜由美が目をつぶった。

「よせ！」

と、藤田が転り出て来る。「痛いじゃないか……」

「こいつ、応接室のソファの下に潜り込んでやがったぜ」

と、強盗が笑って、「だけど、尻がつかえて動けなくなってた」

「やめろ……。金ならやるから……」

「何言ってやがる。若僧のくせに」

藤田は追い立てられるようにして、カウンターの外側へ出て来た。

「藤田さん！」

亜由美が思わず立ち上る。

「危い！」

と、中里があわてて立つと、亜由美の前に立ちはだかった。

「何してる！　早く座れ！」

と、拳銃を振り回した強盗は、「こいつの知り合いか」と、藤田の方を見た。

「知らないよ」

と、藤田があわてて床に座ると、「僕は知らない！」

亜由美が床に膝《ひざ》をついて、

「藤田さん……」

「放っといてくれ！　君たちとむだなおしゃべりなんかしなきゃ、こんなことに巻き込まれなかったんだ！」

藤田の言葉に、亜由美は青ざめてペタッと座り込んだ。

「落ちつくんだ」

中里が傍に座って、亜由美の肩を叩《たた》く。

強盗は、行員の机をザッと見回して、

「もうなさそうだぜ」

「それっぱかりじゃ仕方ねえ。――おい」

目を向けたのは、七十過ぎと見える老人で、くたびれた上着の下に、何やらしっかりと抱きかかえていて、却《かえ》って目立ってしまっていた。

声をかけられ、ギクリとして、

「私は何も……」

「何かそこに持ってるじゃねえか。出しな」

と、強盗が大股《おおまた》に歩み寄ると、

「やめてくれ！　これは――」

と逆らう老人の手から紙袋を引ったくり老人を突き飛ばした。

「へえ、四百万も入ってるぜ。百万の束が四つだ。持ってるじゃねえか」

老人は必死で起き上り、

「その金は……保険が満期になったんだ。それが全財産なんだ……」

と訴えるように言った。

「そんなこと知るか」

と、強盗は鼻で笑って、「おい、急がねえとやばいぞ」

「これでいいのか？」

「金庫なんか狙《ねら》ってるひまはねえ。早いとこずらかるぞ」

強盗は、窓口で震えている女性行員へ、「お前、一緒に来い」

と、銃を向けた。

「あの……」

「殺しやしねえ。安全な所へ逃げるまでの保険だ」

ぐいと銃を突きつけ、「早く出て来い！」

そう言われても、女性行員の方はガタガタ震えているばかり。

「早くしねえと、本当に殺すぞ！」

と、強盗が苛々《いらいら》と怒鳴った。

すると――。

「君」

と、穏やかな声がした。「やめなさい」

佐知子がびっくりして、

「中里さん！」

中里が立ち上ったのである。

「――何だてめえは？」

と、拳銃を持った男は中里を見て、「――何をニヤニヤ笑ってやがる」

「君たちにとっては、大変いい話だ」

「何だよ」

「話してあげるから、まずそのお年寄りの金を返してあげなさい」

「何だと？」

「そんなはした金のために、こんな危い真似をするのか？　馬鹿《ばか》らしいじゃないか」

「じゃあ……何だってんだ？」

「もっと凄い大金がここにある」

「大金？」

「そうだ。——これをやるから、今、盗んだ金を元に戻せ」

「俺たちをなめてやがるのか？」

「やめて！」

亜由美が中里の腕をつかんで、「危いわ！　お母さんのことを考えて！」

「大丈夫。心配しないで。ほら、こんなにニコニコしてるだろ」

中里は亜由美の手を外すと、「君たち。弱い人たちから、なけなしの金をとり上げちゃいけないよ」

「貴様……。ニタニタするの、やめろ！」

強盗たちにしてみれば、こんなときに満面に笑みを浮かべていられる人間などいるわけもないので、気味が悪いのだろう。

「さあ、そう怖い顔しないで。人生、楽しく笑顔で過せばいいことがあるよ」

「笑うな！　撃つぞ！」

「人を撃つと、大変だぞ。今ならまだ大した罪にならない。人を殺すと、何十年も刑務所だよ」

これを、ニコニコしながら言うのだから……。

「近寄るな！」

男は後ずさりする。

「おい、逃げよう」

と、もう一人が仲間をつついた。「こいつ、おかしいぜ」

「その金だけ持て。行くぞ」

「おいおい」

と、中里が言った。「一億円、いらないのか」

「――何だと？」

「そこの手さげ袋に一億円入ってる。今盗んだ分を返しても、損の内に入らないよ」

「一億……。騙《だま》す気だな！」

「じゃ、覗《のぞ》いてみろ」

――手さげを持った一人が、膝をガクガク震えさせて、

「本当に……札束が詰ってる!」

と言った。

「分ったろ? さ、他は置いてけ」

強盗たちは、顔を見合せていたが、布の袋の方は放り出して、

「行くぞ!」

と、二人して駆け出し、通用口から逃げて行った。

――少し、ポカンとした空白があって、

「警察だ!」

と、誰かが叫んだ。

「中里さん!」

佐知子が駆け寄って、抱きついた。「危いことして!」

「いや……。怖かった」

と、中里もドッと汗がふき出す。

「もう……死ぬかと思ったわ!」

「いや、しかし……。こんなとき、笑っていられなかったろうな、普通なら。笑顔のお

かげで、強盗は薄気味悪くて、引金も引けなかったんだ」

と、中里は笑った。

そして……。

「中里さん！」

と、亜由美が目を丸くした。「顔が——元に戻ってる！」

「——え？」

中里は手を顔へ当てて、「本当だ！」

「まあ……」

佐知子も呆然《ぼうぜん》としている。

「なるほど」

と、田ノ倉がやって来て、「あの笑顔がいやで仕方ない間は、元に戻らなかった。笑顔が役に立って、これで良かった、と思ったから、消えてなくなったんですね」

「まあ……」

「お母さん。——まあ、しか言うことないの？」

と、亜由美は涙ぐみながら笑った。

すると田ノ倉が銀行の中を見渡して、

「皆さん、ご苦労様でした」

と、大きな声で言った。「迫真の演技でしたよ」

ワーッと拍手が起る。

呆気《あつけ》に取られる中里たちへ、

「申しわけありません」

と、田ノ倉は言った。「この支店に一億円預金するという条件で、銀行強盗のお芝居をしてもらったんです」

「お芝居?」

「亜由美君たちは予定外だったので、ちょっと困ったけどね。でも、お客さんはみんな役者さんたちだ」

佐知子が周りを見回して、

「道理で、いやに混《こ》んでると思ったわ!」

と言った。

「君のボーイフレンドに気の毒なことをしたね」

「いいの。ああいう人だと分って、良かったわ」

亜由美は、今日子と肯《うなず》き合った。

「――じゃ、強盗は偽者《にせもの》?」

と、中里が言った。

「もちろん。一億円は、ちゃんと戻って来ますよ」

「やった!」

亜由美が両手を突き上げて、「私、ピアノ買ってもらおう」

そこへ、

「――すみません」

と、声がして、パッとしない感じの男が二人、立っていた。

「何です?」

「田ノ倉さん……ですか」

「僕ですけど」

「今日、仕事頼まれてたんですが……。途中で車がエンコしちゃって……。やっと今着いたんです。もう……すんじゃったんですか?」

「仕事って?」

「銀行強盗の役をやることになってたんです。僕ら、役者で……」

田ノ倉が、少しの間二人を交互に眺めて、

「君らが……強盗をやることになってたって？」

「ええ、そうなんです」

佐知子が、目を見開いて、

「じゃあ、今の強盗は――」

「本物？」

と、田ノ倉は言って――青ざめると、危うく引っくり返りそうになったのだった。


宮島は、話を聞いて、ソファから転げ落ちそうなほど笑いこけた。

「――そう笑わないで下さい。下手すりゃ、こっちも命が危かったんですから」

「お前が考え過ぎるからだ」

「そう言われても……」

「すると、一億円は強盗に持って行かれたのか」

「まあ……そういうことになります」

「それも良かろう」

と、宮島は新聞を手に取った。

「ですが、中里さんと佐知子さんは結婚することになりましたよ」

「そりゃ良かった。——ま、強盗が捕まりゃ、少しは金も戻ってくるかもしれん」

「そうですね」

田ノ倉は、電話が鳴り出したので、急いで歩いて行った。「——はい。——そうです。——は？」

田ノ倉は目を丸くして向うの話を聞いていたが、やがて電話を切ると、

「警察です」

「どうした？」

「あの一億円が、丸ごと、交番の前に置いてあったそうです」

「何だと？」

「強盗の手紙が添えてあって——。中里さんがニコニコ笑いながら、あんな大金を渡したんで、てっきり〝やばい〟金を持たされたんだと思ったようです。消されちゃかなわないので、金を返す、と」

「なるほど」

「強盗も、考え過ぎましたね」

「笑顔が、もう一度役に立ったというわけだ」

「早速、中里さんの所へ届けましょう」

「もういらんと言われるかもしれんな。そしたら、お前が責任を持って使いみちを考えるんだぞ」

と、宮島は言った。「——笑う門には福来たる、だな」

老兵に手を出すな

1

午前十時。

刑務所の前には、何人かの男女が集まっていた。――冬の朝らしく、少し曇っているだけで日射《ひざ》しがずいぶん弱く感じられる。

一番最後に来たのは、タクシーを降りた四十くらいの女性と、中学生らしい娘。

「まだ？」

と、娘が訊《き》くと、

「たぶん、まだでしょ」

と、母親は言った。

他に離れて、二人の男が立っている。

「――失礼」

その一人が、母親の方へ近寄ると、コートのポケットに手を突っ込んだまま、「永沢《ながさわ》の娘さんですな」

「あなたは……」

「分りませんか。――まあ、老《ふ》けたでしょう。もう来年は六十だ」

と、白くなった髪へそっと手をやる。

「刑事さん……。仲谷《なかや》さん、でしたね」

と、豊田幸江《とよだゆきえ》は言った。

「憶《おぼ》えていてくれたんですか。これはありがたい」

「その節は父がお世話に」

と、幸江が軽く会釈《えしゃく》をして、「これは、娘の俊子《としこ》です」

「こんにちは」

と、仲谷は微笑《ほほえ》んで、「今、いくつかな?」

「十四歳です。中学生ですわ」

「十四!――あのとき、君はまだ幼稚園だったね」

俊子は、何とも答えようとせず、刑事から目をそらしている。

「十年間、長かったでしょう」

と、仲谷は言った。

「ええ。でも、父の方が何倍も長く感じたでしょう」

と、幸江は言った。

「それは確かに」

仲谷が肯《うなず》いて何か言いかけたとき、幸江が少し声をひそめて、

「あそこに立っている人は誰ですか？」

と、もう一人の男へそっと目をやった。

黒いスーツに、サングラス。車のわきに立って、幸江たちのことは無視してかかっている。

「分りませんか。永沢の子分だった、熊田《くまだ》ですよ」

仲谷の言葉に、幸江は目を疑って、

「あれが？　あの使い走りだった熊田？」

声は聞こえているらしい。男はサングラスを外すと、ジロッと幸江の方を見た。

「今じゃ、結構な〈顔〉ですよ」

と、仲谷は言った。

熊田という男は、わざとらしく腕時計を見た。

「——十分過ぎましたね」

と、幸江が言った。

「出迎えがこう大勢いるとは思ってないでしょうな」

と、仲谷は言った。

「でも――刑事さんがなぜ？」

「まだ永沢から聞いてないことがあるのでね」

と、仲谷が言うと、俊子がキッとなって刑事をにらみ、

「おじいちゃんは、ちゃんと罪を償って出て来るんですからね！」

と、食ってかかるように言った。

「確かにね。しかし、一番肝心な秘密はついに口にしなかった。ちゃんとしゃべっていれば、あの年齢《とし》だ。もっと何年も早く出られたのに」

「父は頑固な人です。あなたもご存知だったでしょう」

「もちろん。そこを気に入っていたし、お互いどこか親近感を覚えていましたよ。だが、どうしてああも口をつぐんでいたのか……」

と、仲谷が言いかけたとき、刑務所の門の隅に小さく切り取られたドアが音をたてて開いた。

そして、一歩一歩、地面の手応《てごた》えを確かめながら一人の老人が出て来たのである。

「――お父さん」

幸江が真先に駆け寄る。「お父さん……」

別人のように衰え、老け込んだ父を見て、幸江はショックを隠せなかった。

「幸江か……」

と、まぶしげに目を瞬《まばた》いて、「わざわざ迎えに来てくれたのか」

「当り前でしょ。――元気そうね」

幸江の目が潤《うる》んでいる。

「無理するな」

と、永沢浩志《ひろし》は笑った。「刑務所にだって、鏡くらいある」

「お父さん……。娘の俊子よ」

少女が真直《まっす》ぐにやってくると、

「おじいちゃん、お帰りなさい」

と、微笑んで言った。

「これが俊子か！　あのオムツをつけてた赤ん坊が、こんなに大きくなったのか？」

永沢が目をみはった。

「そんな！　四つでオムツなんかしてなかったわ」

と、俊子が抗議すると、永沢は笑って孫の頭に、しわだらけの手を置いた。

「――他にもお出迎えの方がいるわ」

幸江が傍へどく。

「ご苦労さん」

「仲谷さんか！――まあ、あんたも老けたね」

「もう来年は六十だ」

と、仲谷は肯いて、「あんたとゆっくり話したいことがあったが……。まあ、娘さんがお迎えじゃこっちが口を出すわけにもいかないようだ」

そして、仲谷は車のわきに立っている熊田の方へ、

「おい！　お前も今日は遠慮しろ」

と、声をかけた。

熊田がやってくると、

「永沢の兄貴。ご苦労さんでした」

と、一礼した。

「熊田か……。見違えたぜ」

「おかげさんで」

やや重苦しい沈黙があった。

「幸江」

と、永沢は手にしていた小さな風呂敷《ふろしき》包みを渡すと、「悪いが、先に帰っててくれ。熊田と話しとくことがある」

「お父さん――」

「心配するな。厄介なことは早く片付けて、後でのんびりしたい。それだけのことだ」

永沢は仲谷の方へ、「仲谷さん、あんたとも、きちんと話す。今は勘弁してくれ」

仲谷は何か言いかけたが、永沢はもう熊田の車の方へ歩き出していた。

堂々たる足どりに見せようとしても、膝《ひざ》は細かく震えていた。

「――おじいちゃん、大丈夫？」

俊子が母の手を取る。

「お宅へお送りしますよ」

と、熊田が振り返って言った。

「ご心配なく」

永沢は、熊田がドアを開けると、車の中へ姿を消した。

「――帰って、おじいちゃんを待ちましょう」

と、幸江が俊子に言った。

「改めて連絡しますよ」

「ええ、父も他に行く所はないと思いますから、うちにいるでしょう」

仲谷が小さく会釈して立ち去る。

幸江は、父を乗せた車が走り去った方を、しばらく眺めていた。


「――当分はのんびりして下さい」

車を運転しながら、熊田が言う。

後ろの座席で、永沢はかすかに首を振った。

「娘の一家に迷惑になる。少し体力が戻ったら、どこかへ行く」

「兄貴――。水くさいな。俺の所へでも、いつでもやって来て下さいよ」

「熊田。――出世したもんだな」

と、永沢は言った。「当節、出世したけりゃ、十年も刑務所暮しをして来た七十過ぎの年寄りの面倒なんて、みないことだ」

熊田がチラッとバックミラーを見た。

「ねえ、兄貴。俺にも上役ってやつがありましてね。言われた通りにしないと、自分の身が危くなるんですよ」

「分ってる。――俺に何の用だ」

「そんなこと……。兄貴だって分ってるでしょう」

と、熊田は言った。「金はどこにあるんです？」

「金か……。そんなものがありゃ、すぐにでも一人で海外へ行って、手足を伸してるさ」

「兄貴。――話は手っとり早くすませましょう。ここ数年、世間はせち辛くなりましてね。回りくどい駆け引きはやらないんですよ」

熊田は車を脇《わき》へ寄せて停《と》めた。

「――熊田、俺をおどす気かい？」

「そうじゃありません。しかしね、兄貴もよく承知のはずだ。あの一件はうちの組が係《かかわ》ったもんです。確かに兄貴は一人で罪を引き受けて十年も刑務所暮しをして来た。だがね、あの金を一人占めにするってのは、やっぱりまずいですよ」

熊田はそう言って振り向こうとした。その頰《ほお》に、突き出したボールペンの先が当る。

「いてっ！――何しやがるんだ！」

と、熊田が真赤になる。

「カッとなる性格は変ってねえな」

と、永沢は穏やかに、「これがナイフなら、顔に一生消えない傷が残るぜ」

そして、ボールペンをポケットへ入れると、

「何度訊かれても同じだ。金がどうなったかは知らねえ。帰ってそう伝えな」

永沢はドアを開け、「——俺はバスで帰る。ぜいたくには縁のない身だ」

と言うと、車を降りて歩き出す。

熊田もドアを開けて車から出ようとしたが——。結局、思い直して、

「勘違いするなよ」

と、永沢の後ろ姿へ声をかけた。「もう、あんたはただの老いぼれだ。何の役にも立たない老人さ」

永沢は、同じ足どりで歩いて行く。

熊田はフンと鼻を鳴らして、ドアを閉め、車を乱暴にスタートさせた。タイヤが悲鳴を上げて、車はたちまち見えなくなったのである。

2

「いつもありがとうございます」

と、根本《ねもと》は礼を言った。

「いやいや」

宮島勉《みやじまつとむ》は首を振って、「根本さんはなかなか商売上手だ」

「商売とおっしゃられると……」

「悪口を言っているわけじゃありません。一度に多額の寄付を頼んで来られない。その代り、ちょくちょくみえて、顔なじみになると、相手も寄付を断りにくくなる。――あなたは営業マンになっても、いい成績を上げたでしょう」

「恐れ入ります」

――オフィスビルの一階ロビーは、天井が高く、ゆったりとした広さがある。

「先生」

と、宮島の秘書、田ノ倉良介《たのくらりようすけ》がやって来た。

「どうした。話はついたのか」

「はい。まず先方が百セット売って、評判を聞いて報告してくることになりました」

田ノ倉は根本の方へ、「どうも、牧師さん」

「いつもお世話になって」

根本啓一《けいいち》は田ノ倉へ会釈して、「今日も宮島さんから快くご寄付をいただきました」

髪は半分近く白くなっているが、根本はまだ四十代の半ば。大金持の宮島の所へは、色々寄付の依頼が舞い込むが、このプロテスタントの牧師は、何となく宮島と気が合って、今では友人のような仲である。

むろん七十近い宮島から見れば、根本は息子のような年齢だが。

「おかげ様で、教会の壁のはがれ落ちた所を直せます。先日の強風で、近くの看板が飛んで来ましてね」

「けが人はなかったのですか？」

「幸い。ステンドグラスの聖人が頭の上の光の輪を失《な》くしてしまいましたが」

「聖人なら、また自然に戻ってくるでしょう」

と、宮島は笑って言うと、「田ノ倉、根本さんへ三十万の小切手を」

「はい」

——三人がロビーのソファで話をしていると、正面の自動扉が開いて、女が一人、せかせかと入って来た。

女は、ロビーを見回して、宮島たちの方へ急いでやって来た。

「お話し中、申しわけありません」

と、女が声をかける。

　根本がびっくりして、

「幸江さん！　どうしたんです？」

「お話が——。あの……」

　と、口ごもる。

「あ、ちょっと失礼」

　と、根本が立ち上る。

「お待ちなさい」

　と、宮島が言った。「何か心配事がおありのようだが、私でお役に立てるのなら、ご相談にのりますぞ」

　田ノ倉が目を丸くして、宮島を見ている。

「こちらは宮島さん。いつも話してるでしょう。教会へ寄付して下さっている——」

　と、根本が説明しかけると、

「じゃ、お金持なんですね」

　と、幸江が言って、ソファに腰をおろした。

「幸江さん……」

「お願いがあるんです」

と、幸江は言った。「豊田幸江と申します。根本さんとは古いお友だちで……」

「何があったんです？」

「父が——永沢が、今日出所して来たの」

それを聞いた根本は、複雑な驚きの表情を見せた。

「それは……おめでとう」

「ええ、出所したこと自体はね」

と、幸江が肯いて、「もう七十五だから、仕方ないけど、十年間の刑務所暮しで、すっかり老け込んでしまったわ」

「しかし——一応元気で？」

「ええ。でも、その場に熊田が迎えに来ていて、父を車に乗せて行ってしまったの」

根本が厳しい顔で、

「熊田が？　一人で来ましたか」

「え……。たぶん。車の中に他の人影は見えなかったけど」

「どこかで他の連中も待っていたかもしれないな。——それで？」

「それが朝の十時のことで、まだ帰って来ないの。父に何かあったんじゃ……」

「あなたの目の前で、熊田の車に乗って行ったんでしょう？　それなら、まず大丈夫。

熊田もそれほど馬鹿《ばか》ではありませんよ」

「そうでしょうか……」

幸江は少し落ちついた様子だった。

「——この女《ひと》の父親は永沢浩志といって、十年間、服役していたのです」

と、根本が宮島へ説明する。

「何をしたんですか」

と、宮島が訊く。

「ある会社へ忍び込んで、金庫をこじ開け、現金を盗んだのです」

と、根本は言った。

「でも父は否定しています」

「というと？」

「盗みに入ったのは事実で、裁判でも罪を認めました。でも、金庫にお金はなかったと言ったんです」

「なるほど」

「でも会社の方では、金庫に一億円の現金があった、と言って……。父はあくまでそれを認めなかったので、十年の刑を丸々つとめたんです」

「お話の熊田というのは？」

「父の子分だった男です。——父を連れて行ったのは、きっとお金のありかを訊き出すためです」

「恩知らずな奴《やつ》だ」

と、根本が苦々しげに言った。「熊田は、永沢さんに拾われたようなもんなのに」

「根本さん。刑務所の前には、もう一人来てたんです」

「誰です？」

「——仲谷という刑事さんです」

「刑事……」

「あの人も、父がお金をどこかに隠していると思っています」

「やれやれ……。分りました。私で当れる所には当ってみましょう」

と、根本は言った。「宮島さん、お邪魔をしてしまって申しわけありません」

「なに。——田ノ倉」

「はあ」

「根本さんとご一緒して、何かお力になれることがあれば、やって来い」

「そうおっしゃると思ってました」

田ノ倉は少しも驚いた様子ではなかった。

そのビルには〈××出版〉というプレートが入口に光っていた。

「〈出版〉といったって、出版社なんかじゃありません。要するに広告を企業に出させるために、内容なんか適当に作って、雑誌を出すんです」

と、根本は言った。「総会屋がよくやる手口ですよ。わけの分らないパンフレットを作って、何千万も広告料を取る。少なくとも、体裁は合法的ですからね」

「あれ、熊田が運転してた車だわ」

と、幸江が、そのビルのわきに駐車している車を見て言った。

「永沢さんがここにいるかどうか分りませんが、ともかく訊いてみましょう」

根本は臆《おく》する様子もなく、どんどんビルの中へ入って行く。

正面の重そうなドアを開けると、中にいた男たちが一斉に振り向いた。

「お邪魔します」

と、根本は言った。「私は根本と申しますが、こちらに永沢浩志さんはおいででしょうか」

中にいた五、六人は、どれも一見してヤクザと分る連中で、机や椅子《いす》は一応置いてあるが、机の上には一升びんや花札が散らばり、どう見ても「仕事」をしているとは見えなかった。

「——いきなり入ってきて、その口のきき方はねえだろ」

と、若いスポーツ刈の男がやってくる。「ここがどこか分ってるのか？」

「熊田さんの古い知り合いの者です」

根本は落ちついたものだ。「熊田さんはおいででしょう？　お車が外にありました」

根本が熊田の名前を出したのと、落ちつき払っているのが、相手をためらわせた。

「熊田の兄貴は……忙しいんだ」

「根本という牧師が来た、とお伝え下されば、必ず会って下さいます」

自信たっぷりの根本の言い方に、相手は渋々、

「待ってろ」

と言うと、奥のドアから出て行った。

「——牧師だって？」

と、他の男たちが笑う。

「俺たちのために祈ってもらうか」

「女にもてるように、か？」

「アーメン」

一斉に笑い声が上る。

「黙れ！」

と、声がした。

一瞬の内に、部屋は静まり返った。

「熊田さん」

と、幸江が言った。「父はどこ？」

熊田はニヤリと笑って、

「このチンピラに訊くのかい。『使い走り』だった男に」

「父はどこ？」

根本が幸江の前に出て、

「熊田さん、あなたは永沢さんのおかげで、今生きていられる。それは忘れてはおられないでしょう？」

と、穏やかに言った。

熊田が表情を険しくして、

「昔の話を持ち出すな！」

と、怒鳴った。「ここにいる奴らに言って、叩《たた》き出してもいいんだぞ」

「私は事実を述べているだけです」

「分ってる。――だから、無事に帰してやったんだ。でなきゃ、今ごろあばら骨の二、三本も折られてる」

「帰した？　じゃ、父はここにいないの？」

「途中で車を降りた。今ごろ、迷子にでもなってるんじゃねえか？　何せ、ぼけちまったようだからな」

根本は幸江の方へ、

「帰ってみましょう」

と言った。「もしかすると、他の所へ寄っているかもしれない」

「ええ……」

根本が幸江を促して出て行こうとすると、

「待ちな」

と、熊田が言った。「親父《おやじ》さんへ伝えろ。素直に金を出せってな。そう待っちゃいねえぞ」

「父は盗んでないと言ってるわ」

「どこかに隠してやがる。分ってるんだ」

根本が、

「相手にしないで」

と、言った。「――熊田さん。どうしても見付けたきゃ、自分で捜しなさい」

若い男の一人が、

「生意気な口をききやがって……」

と、根本へつかみかかる。

そして――アッという間の出来事だった。根本の体がスッと沈んだと思うと、つかみかかった男は、呻《うめ》き声を上げて、肩を押えて、床へ転がった。

「いてえ……いてえよ……」

と泣き声を上げる。

「肩の骨を外しただけだ」

と、根本は言った。「骨つぎへ連れてってやれ」

誰もが呆気《あっけ》に取られている。

「行きましょう」

根本は、幸江と田ノ倉を促して、ビルを出たのだった……。

3

「いや、心配かけて、すまん」

と、永沢は頭を下げた。

「ひと言、言っといてくれれば……」

と、幸江はむくれている。

「まあ、何もなかったんだ。いいじゃありませんか」

と、根本が取りなす。「亡《な》くなった奥さんのお墓参りという、そのお気持はよく分りますよ」

「——ただ、その後、電車を乗り間違えちまったのがいけねえ」

と、永沢は苦笑した。「しかも、電車賃の高いこと！　たった十年で、世の中は変るもんだな」

そこへ、

「おい、パンツくれ！」

と、お風呂の方から声がした。

「また、替えを出すの、忘れて入ったのね。俊子、持ってってあげて」

「お父さんったら、もう！」

と、俊子が食べかけの茶碗を置いて、席を立った。

少しして、幸江の夫、豊田和紀《かずのり》が、バスタオルを首にかけ、セーターにジーパンという格好でやって来た。

「もう、俺の分、冷めたか？」

「電子レンジで温めるわ」

と、幸江が立って行く。

「どうも、お邪魔して。もう失礼します」

と、根本が腰を上げる。

「いいじゃありませんか。もっとゆっくりなされば」

と、豊田は止めたが、

「いや、教会の用も色々とありますので」

「そうですか。じゃ、無理にお引き止めはしません」

「そこまで送ろう」

と、永沢が、よいしょ、と立ち上る。

小さな建売住宅を出ると、外は真暗。

「やあ、もうすっかり夜になった」

と、根本は言って、「——永沢さん」

「何も言わねえでくれ」

「しかし……私はこの十年間、一日だって心の休まることはありませんでした」

と、根本は目を伏せて、「本当に、あなたには……」

「あんたのお祈りのおかげで、生きて出られた。そう思ってるよ」

と、永沢が肯《うなず》いて、「それで充分だ。——誰だ？」

人の気配に敏感になるのは、刑務所暮しのせいかもしれない。

足音が近付いて来て、玄関の明りの中に、ぼんやりと白髪の頭が見えた。

「仲谷さんか」

「押しかけて悪いな」

と、刑事は言った。「やあ、神父さん」

「牧師です。神父はカトリックの呼び方だ」

「失礼。根本さんと呼ぶのが一番ぴったり来るね」

と、仲谷は笑って、「あんたも、すっかり昔の垢《あか》は洗い落としたようだね」

「根本さん、用があるだろ」

と、永沢が促すと、

「ええ。——それじゃ、改めて。ゆっくり休んで下さい」

と、根本は立ち去る。

「——熊田との話はついたのか」

と、仲谷が訊《き》く。

「話がつくもなにも、もともと根も葉もないことさ」

「永沢さん。——あんたは罪を償ったが、だからって、あの一億円を自分のものにする権利はないんだよ」

「分ってるとも」

と、腕組みをする。「ありゃ、返してるさ、とっくに」

「今になっても、とぼけるのかね」

仲谷はやや厳しい面持ちになって、「俺は何としても、あの金を見付けたい」

「どうして、こんな老いぼれをいじめるんだね」

「俺もね、来年は六十。定年で引退する前に、ずっと引っかかってた喉《のど》の骨を抜いときたいのさ」

永沢は微笑《ほほえ》んで、

「なるほど。引退前にひと花咲かせたいってわけか。しかし、気の毒だが、一億円なんてどこにもないよ」

「強情な人だ」

仲谷は苦笑いして、「俺もしつこい男だ。諦《あきら》めやしない。言っとくよ」

「ああ。承知してる。だが、時間のむだだよ」

「どうかな」

仲谷はそう言って、再び暗がりの中へと消えて行った。

永沢は少しの間表に立っていたが、やがて軽く肩をすくめると、家の中へ入って行った。

「根本さん、帰ったの?」

と、幸江が言った。

「ああ」

永沢は、食卓に加わると、「――なあ、幸江」

「何?」

「こうして、俺のねぐらを用意してくれて、嬉《うれ》しいと思ってる。だが、俺は明日出て行くよ」

「何言ってるの！」

と、幸江は目を丸くして、「ゆっくり休んで、体力を付けないと」

「そうですよ、お義父《とう》さん」

と、豊田がご飯を食べながら言った。「小さい家ですが、遠慮なんかいりません。のんびりして下さい」

「それに、どこへ行くっていうの？」

「まあ……どこか遠くだ」

永沢はお茶をすすった。「――誤解しないでくれ。俺は、お前たちに迷惑をかけたくないんだ。あの熊田はまだ諦めていない。俺一人ならどうされてもいいが、お前たちが巻き添えを食ったら――」

「おじいちゃん、私たちのこと、そんないくじなしだと思ってるの？」

と、俊子が言い出した。「あんな奴、怖くない！」

豊田が笑って、

「どうです。この用心棒がいれば心強いですよ！」

ありがたい、と永沢は心の中で手を合せた。――豊田はごく普通のサラリーマンだ。

給料だって、そういいわけでもあるまい。

いくら老人でも、家族が一人ふえることは負担だろう。娘の幸江はともかく、豊田が迷惑がっても当然なのだ。

しかし、豊田は少しもそんな様子を見せない。刑務所帰りの義父に、ごく自然に接してくれる。

それは永沢にとって、何より嬉しいことだった……。

「――ちょうど一億か」

と、宮島が言った。

「ふしぎな偶然ですね。十年前の、永沢が逮捕された事件について調べてみました」

と、田ノ倉は言った。

「何か分ったのか」

宮島は居間のソファで寛《くつろ》いでいる。

「何しろ十年前のことですから、詳しいことは分りません。しかし、逮捕されたときから、永沢は金庫に金はなかった、と言い、会社側は一億円入っていた、と主張して、平行線です」

「その会社というのは？」

「それが、三年後に倒産して、当時の経営者なども、行方《ゆくえ》が分りません」

「怪しいな」

「そうなんです。どうやら、裏のありそうな匂《にお》いはあるんですが、確かめるわけにいきません」

宮島は肯いて、

「しかし、その熊田って男はどうして永沢につきまとってるんだ？」

「当時、永沢は組に属してはいませんでしたが、その縄張り内で仕事をしていたようなんです。熊田はその永沢の子分だったわけで、稼ぎの半分は組へ納めなきゃならない決りだというんです」

「五〇パーセントか！　えらく高い税率だな」

と、宮島は笑って、「捕まっても払うのか？」

「組の方でも、永沢が金を隠していて、出所してから使おうとしていると考えてるらしいです」

「熊田が今じゃその組の兄貴分か」

「熊田としては、永沢から何とか金を出させないと、立場がまずくなるんでしょう」

「しかし、もし本当に金がなかったとしたら?」

「まずいことになりますね。熊田はそれで引きさがるわけにいかないでしょうし」

と、田ノ倉は言った。

「しかし、そんな奴に払うために一億円やるのは面白くないいな」

と、宮島は首を振って、「少し様子を見よう。どうなるか、目を離すな」

「もちろんです」

田ノ倉は肯いて、「それから、面白いことが分りました」

「何だ?」

「例の、根本牧師です。若いころはかなり悪いこともやっていたそうで、熊田がまだチンピラだったころ、永沢の子分だったたんです」

「なるほど」

宮島は微笑んで、「どうも、ただの牧師にしては人間が練れていると思った。——十年前の犯行には係ってないんだろうな」

「もう足を洗って二十年近いそうですよ。熊田にしてみれば、『不良少年』のころを知られているわけで、苦手な相手でしょう」

「寄付も考え直さんといかんな」

「といいますと？」

「もっと寄付してもいいってことだ」

と、宮島は言った。

4

「豊田さん。――豊田俊子さん」

と呼ばれて、友だちとおしゃべりしていた俊子は、少し間を置いてから、

「――私？――はい！」

と、教室中に響き渡る大声を上げた。

お昼休みの教室が、ドッと笑い声に沸いた。

「すみません！」

と、廊下へ出ると、

「豊田さんね？」

と、事務室の女の人が言った。「今、玄関の所に、おじいさんの知り合いっていう方がみえてるわ」

「おじいちゃんの？」

「何でも、おじいさんが倒れたんですって」

俊子は青くなった。

急いで駆け出し、校舎の玄関へと出る。

しかし――誰もいない。

「変だな」

俊子は玄関から外へ出てみた。

「――やあ、待ってたよ」

びっくりして振り向くと、サングラスの男が立っている。

「あ……」

熊田はサングラスを外すと、

「一緒に来てもらうぜ」

と言った。

俊子は逃げようと思った。昼休みで、大勢人がいる。大声を上げれば――。

「おとなしくついて来ないと、お前の友だちの誰かが大けがすることになるぜ」

「え？」

「俺の子分が、今、お前のクラスの窓の外にいる。お前が騒げば、教室へちょっとしたものを投げ込む。火が燃え広がって、何人かは大やけどするだろうな」

俊子は、熊田がそんなことぐらいやりかねない男だと思っていた。

「──やめて。私が一緒に行けばいいの？」

「そうそう。さすが永沢さんの孫。いい度胸してる」

と、熊田は笑って、「さあ、ちょっとドライブしよう」

と、俊子の肩をしっかり抱え込んだ。

校門を出て車へ乗せられる。

「さっきの話、嘘《うそ》なの？」

「本当さ。今、呼び戻す」

クラクションが二回鳴ると、若い男が駆けて来る。

「おい、そいつは捨ててけ」

熊田に言われて、その男が手にした筒のような物を放り投げた。パン、と破裂音がして、炎が上り、黒い煙が渦《うず》を巻いた。

あれが教室に投げ込まれていたら……。俊子はゾッとした。

「さあ、車を出せ」

熊田は俊子と並んで後ろに乗ると、「悪いが、少し窮屈な思いをしてもらうぜ」

俊子は両手首を合せて縄で縛られ、その上に熊田がコートをかけた。

「──どうするの？」

俊子も、やっと自分が「誘拐されている」という実感で、体が震えた。

「どうなるかな」

と、熊田は首を振って、「お前のじいさんの出方次第だ」

車は、広い通りへ出て、トラックの多い幹線道路へと入って行った。

「──じゃ、確かに」

と、根本が封筒をポケットへしまって、

「助かります」

「一つ伺ってもいいかな？」

と、宮島が言った。

「何でしょうか」

──宮島の会社の一つ、そこの社長室で、根本は五十万円の小切手を受け取ったところだった。

「使いみちについては、必ずご報告しますが」

「いや、そのことではない。あの、永沢という人のことでね」

「はあ……」

「十年前、永沢さんが盗みに入った後、捕まるまでの間に、あんたは会ってましたか」

根本は返事に詰った。

「それは……ご勘弁下さい」

と、目を伏せると、「聖職者として、お話しできないことがあります」

宮島は肯いた。

「分ります。――どうした」

田ノ倉が緊張した面持ちでやって来たのである。

「根本さん、豊田幸江さんからお電話が」

「幸江さんから？」

「こちらで取って下さい」

と、田ノ倉が宮島の大きなデスクの電話を指した。

「すみません。――もしもし。――どうしたって？」

根本の顔から血の気がひく。

「永沢に？」

と、宮島が田ノ倉へ小声で訊く。

「いいえ。孫娘の俊子という子が、誘拐されたそうです」

宮島が、珍しく険しい表情になった。

「ふざけた奴らだ！」

宮島がこんな風にカッとなることは珍しい。

電話を切った根本が、

「えらいことになった」

と、顔をこわばらせて言った。

「例の熊田という男かね？」

「そうらしいです。学校から連れ出されたそうで……。幸江さんの所へ、一億円を用意しろと連絡があったそうです」

宮島と田ノ倉は顔を見合せた。

「田ノ倉、お前は根本さんと一緒に行け」

「はい」

「私は、万一のために用意をしておく」

一億円の現金を揃《そろ》えておく、ということだ。

「分りました。行きましょう、牧師さん」

と、田ノ倉が根本を促した。


田ノ倉と根本が豊田家へやって来てみると、表に車が一台停《とま》っていた。

「誰かな？　見かけない車ですね」

根本が玄関のドアを開けて、「幸江さん！」

と呼ぶと、バタバタと幸江が出て来て、

「根本さん、良かった！」

「え？」

「父を止めて！」

急いで上ってみると、居間の床で、

「何を言うか！」

「乱暴すると、また刑務所だぞ！」

と、取っ組み合っているのは――。

「仲谷さんが、俊子のことを聞いて駆けつけて来たんで、父が『余計な口出しをするな！』と怒って……」

「分りました」

根本が台所へ行くと、大きめのボウルに水を入れ、それを持って来て、

「引っ込んでろ！」

「こっちは公務だ！」

と、つかみ合っている二人の頭から水を浴びせた。

「――根本さんか」

「年寄りに何てことを！　風邪ひいたらどうするんだ！」

と、仲谷がハンカチを出して拭《ふ》いたが、ハンカチも濡《ぬ》れてしまっているので、役に立たない。

「ともかく、タオルを」

と、田ノ倉が幸江に言った。「話はその後にしましょう」

――十五分ほどして、永沢は着替えをし、仲谷は濡れたシャツを脱いで、タオルで肩をくるんで渋い顔をして座っていた。

「だから言ったんだ」

と、永沢は言った。「迷惑がかかる前に出て行くと」

「今さらそんなこと……」

と、幸江がため息をついて、「それに、たとえお父さんが出て行ったとしても、同じことになったわよ。向うは例のお金をお父さんに出させようとしてるんだから」

幸江は、父の方へ、

「――お父さん」

と、向き直って、「本当に、あの一億円はなかったの？」

「おい、永沢」

仲谷刑事が口を挟んで、「孫の命がかかってるんだぞ。いい加減に諦めて出したらどうだ」

「あんたに言われるまでもない」

と、永沢はさすがに鋭い目で仲谷を見返すと、「あれば出すとも！　俺が孫を犠牲にしてまで、金にしがみつく男だと思うか？」

その声には気迫がこもっていて、とても嘘とは思えなかった。

「――じゃ、やっぱりお金はないのね」

幸江は肩を落として、「どうしたらいいかしら？　一億円なんてお金、とても用意できないわ」

仲谷は首を振って、

「本当に隠してないとしても、熊田はそれじゃ納得しないぞ」

「分ってる」

と、永沢がギュッと眉《まゆ》を寄せて、「何としても俺が金を作る」

「作る？　どうやって？」

と、仲谷が呆《あき》れて、「年金でも積み立てるのか。それとも宝くじを買うか？」

「今から一億円、盗みゃいいんだろ」

と、永沢が言った。

「――刑事に向って言うジョークじゃないぞ」

「ジョークだと？　俺は本気だ」

「馬鹿《ばか》言わないで！」

と、幸江が呆れて、「その体で盗みなんて……」

「俊子の命の方が大切だ。違うか？」

そう言われると、幸江も言葉が出ない。

「おい……」

と、仲谷が目を丸くして、「どうかしちまったんじゃないのか？　事件のことは、学校からの連絡で、警察じゃ知ってるんだ。じきに、担当の刑事たちがやってくる。そいつらに何て言うんだ？　『これからちょっと、身代金《みのしろきん》を盗みに行きますんで』とでも言うつもりか？」

「誘拐されたのは、豊田和紀と幸江の娘だ」

と、永沢は言った。「姓も違う。あんたが黙ってりゃ、分りゃせん」

「無茶言うな」

と、仲谷がしかめっつらをして言った。

田ノ倉は、そろそろ出番か、という感じで、

「失礼します」

と、咳払《せきばら》いした。「実は、宮島から一任されているのですが、もしよろしければその一億円を、私の方でご用立てしましょう」

——呆気《あっけ》に取られている人々に、田ノ倉は宮島の「趣味」について説明した。

身寄りのない宮島は、その財産の使いみちとして、田ノ倉が選んだ人間に一億円を提供する、という「遊び」を始めたのである。

途中、夫の豊田和紀があわてて帰宅したが、

「あなた、黙ってて！」

と、幸江に叱《しか》られ、目をパチクリさせていた……。

——幸江が両手をついて、

「そうしていただけたら……」

と、頭を下げる。

「いや、むろん、そんな奴《やつ》にやるためのお金ではないのですがね。しかし、俊子ちゃんを助けるためですから」

豊田は立派で、義父に文句一つ言うではなく、

「一生かかっても、お返しします」

と言って、妻と一緒に頭を下げた。

「分りました。——熊田からは何と言って来たんですか？」

「明日の夜、渡せと言って来ています。今夜、具体的な場所と時間を連絡すると……」

「なるほど。では、時間的には充分間に合いますね」

少しホッとした気分が流れる。

すると、急に、

「だめだ！」

と、永沢が言った。

「お父さん……」

「お気持はありがたい。しかし、人から情をかけてもらうわけにはいかねえ」

「何言ってるの！　それじゃどうやってお金を作るって言うの？」

「待って下さい」

と、田ノ倉が言った。「永沢さん。あなたのお気持もよく分ります。それじゃ、こうしましょう」

田ノ倉の目は、いたずらっ子のように輝いていた。


「お前も、段々物好きになる」

と、宮島が言った。

「雇い主に似てくるんです」

田ノ倉は涼しい顔で言った。——宮島だって面白がっているのだ。でなければ、こんな窮屈な所へ入ってじっと息を殺してはいられまい。

宮島と田ノ倉の二人は、宮島の〈社長室〉の中、コートなどを掛けておく、小さなクローゼットに潜んでいた。

クローゼットの扉には、換気用の細いスリットが入っていて、部屋の中の様子は大方覗《のぞ》き見ることができた。

「――本当に来るのか?」

と、宮島が言った。「下で、ガードマンに捕まってるんじゃないのか?」

「いつもの通りにしていてくれ、ということでしたから」

と、田ノ倉は答えた。「それがプロの泥棒のプライドってものなんでしょう」

「しかし、年齢《とし》を考えろ。七十五だぞ」

――永沢は、どうしても宮島から「一億円もらう」ことは、承知しなかった。

そこで、田ノ倉が提案したのだ。

「それなら、私の所から、一億円盗んで下さればいいんじゃありませんか」

との言葉は、元泥棒のプライドをくすぐったらしい。

結局、金のありかだけは教えるが、そこまでどう忍び込むか、その金庫をどうやって開けるか、そこは永沢自身が工夫するということで、話がついた。

仲谷は渋い顔をしていたが、結局、永沢の頼みを聞いて、俊子の誘拐事件捜査に係るメンバーには、一切このことを話さないことになった。

かくて――夜、十一時。

宮島と田ノ倉は、この狭いクローゼットの中で、恋人同士でもないのに、暑い思いをして身を寄せ合っていることになったのである……。

「我々がここにいることは知らないんだな?」

「もちろんです。そこだけは永沢さんにも言いませんでした」

田ノ倉の口ぶりには、何か考えがある気配が見てとれた。宮島は肩をすくめて、

「これで、朝までこうしてたら、腰が二度と伸びなくなる」

「しっ。――足音です」

と、田ノ倉が言った。

なるほど、耳を澄ますと、かすかな足音が廊下に聞こえて、社長室のドアの前で止った。

ドアにも鍵《かぎ》がかかっている。

だが、ほんの数秒、カチャカチャと音がしたと思うと、ドアは静かに開いて来た。

鮮やかなものだ。――宮島は感心した。

入って来た永沢は、黒っぽいジャンパーとズボンで、光沢《こうたく》のないものを身につけている。

動きにも、七十五とは思えない滑らかさがある。

田ノ倉は、幸江の所では、もうすっかり老け込んで見えた永沢が、まるで十歳も若くなったような気がして、じっと成り行きを見守った。

永沢は、すぐに金庫を見付けた。

この金庫だけは、倉庫から運んで来た、古い型の物である。永沢の腕が発揮できなければ仕方ないので、そうしたのだ。

永沢は金庫の前に膝《ひざ》をついた。

小さなペンライトを口にくわえて、カチカチとダイヤルを回す。

数字の組合せと、鍵の両方を使うことになっている。

カチカチ。——カチカチ。

小さな刻みの音が、静かな社長室に響く。

少なくとも、二、三時間かかるだろうと宮島は思っていた。古い型といっても、そう安物ではない。

持ち出せないように、凄《すご》い重さになっている。

だが——ものの十五分としない内に、ガチャッと音がして、金庫が開いた。

「これは凄い……」

宮島が、思わず呟《つぶや》いて、田ノ倉につつかれてしまった。

永沢が、一億円の入ったボストンバッグを取り出し、中を一目見ると、すぐに立ち上った。

そして社長室を出ようとドアを開け――。

余計な動作は一切ない。――みごとなものだった。

「中へ入れ」

という声がした。

永沢が退《さ》がると、熊田が拳銃《けんじゅう》を手に入って来た。

「――孫は無事か」

「ああ」

熊田は肯《うなず》いて、「ここで金をいただけば、警察に待ち伏せされる心配もない。あの女の子も、むだ死にする必要がなくなる」

「孫と引き換えだ！」

と、永沢はボストンバッグを胸に抱え込んだ。

「おい、永沢さん。選べる立場だと思ってんのかい？　人質を取ってるのは、こっちだぜ」

熊田は苦笑して、「早くそいつを渡しな」

永沢は、ちょっと声を上げて笑った。

「——何がおかしい？」

と、熊田がムッとする。

「——こんな真似《まね》をして。白状してるようなもんだな」

と、永沢は言って、「おい、仲谷さん、入って来な」

靴音が響いて、開いたドアの所に、仲谷が姿を見せた。

「さすがだな。手ぎわの良さは大したもんだよ」

と、仲谷は言った。

「熊田がここへ来るってことは、誰かが教えたわけだからね。——どうするんだ？　ここで俺を逮捕するのか？」

「いや、そんなことはしない」

仲谷は、熊田と並ぶと、「そこのボストンバッグの一億円、五千万は熊田が組へ納める。残りを半分ずつにしても、二千五百万だ。定年になった後の暮しにとっちゃ大金さ」

「なるほど。情ないね。あんた、それでも刑事か」

「泥棒に言われたくないね」

と、仲谷は笑った。

そして、仲谷は進み出ると、永沢の手からボストンバッグを奪い取った。

「――俺を殺す気だね」

と、永沢は言った。「もちろんだな。こんなこと、しゃべられたらあんたはおしまいだ」

「それは熊田がやる。あんたがここで見付かっても、俺と結びつけて考える奴はいないさ。あんたはただ、ここへ泥棒へ入って、仲間割れで撃たれた、ってことになるだろう」

「俺はどうでもいい。俊子はどうするつもりだ！」

「心配するな。俺もそこまではしない。――ただ、あんたの娘たちに口をつぐんででもらうのを条件に、孫娘は返す」

「いつかは知れるぞ」

「いや、この誘拐そのものが、あの孫娘の家出だった、ってことにする。ボーイフレンドがいたずら半分で脅迫電話をかけた、ということにしてね。今どきの子なら、やりかねないだろ？」

仲谷はニヤッと笑って、「誘拐事件そのものが失《な》くなっちまえば、後で厄介もない」

「そううまく行くか」

「行ってもらうさ」

仲谷はそう言って、「熊田。後は頼むぞ」

「ああ」

出て行きかけて、仲谷はふと振り向くと、

「最後にもう一度訊《き》く。――十年前、一億円はあったのか？」

と、訊いた。

「あれば、こんな所へ盗みに入らんよ」

「そうか……」

仲谷が社長室を出て行く。――と、突然、仲谷の体が社長室の中へ吹っ飛んで来て、熊田の背中へぶつかった。

銃が暴発し、熊田はうつ伏せに倒れた。

「何だ！」

と、起き上ろうとした熊田の顎《あご》を、飛び込んで来た根本がひとけりした。

熊田が大の字になってのびる。

あわてて立ち上った仲谷が廊下へもう一度出ようとすると――ガツッと音がして、仲谷はフラッとよろけると、倒れてしまった。

「――ふざけた奴！」

手を痛そうに振って入って来たのは、幸江だった。

と、永沢が呆気に取られている。

「幸江、お前……」

「私、最近ボクシング始めたの」

と、幸江が言った。

「今、警官が来ます」

と、根本が言った。

「俊子を取り戻すんだ。――熊田をしめ上げてやる！」

と、永沢が意気込む。

「私がやるわ！」

幸江がポキポキと指を鳴らした。

――宮島と田ノ倉は、その後も長く、

「女はいざとなると怖い」

と話し合うことになったのだった……。

「お礼に伺いました」

と、幸江は深々と頭を下げる。

「本当に良かったね」

と、宮島は肯いた。

「ほら、俊子もお礼を申し上げて」

「はい。――ありがとうございました」

俊子は、ますます元気である。

――ビルのロビーは明るい光が射《さ》し込んで春のような暖かさだった。

「根本さんです」

と、田ノ倉が言った。

根本牧師がロビーへ入って来た。

宮島と握手をすると、

「永沢さんも、やっとあの一億円を受け取ると言ってくれました」

と、根本は言った。「しかし、それで冬でもホームレスが温かい食事のできる場所を作ると言っています」

「私、山分けしようって言ったのに」

と、俊子が言った。

母娘が帰って行くと、

「全く、何とお礼を申し上げていいか」

と、根本は改って、「――お礼の代りに、本当のことをお話しします」

「というと？」

「十年前、永沢さんは金を盗んだのです」

と、根本は言った。「しかし、一億はなかった。一千万そこそこだったのですが、会社の方はわざと大げさに被害届を出したのです」

「すると、その金は？」

「私がもらったのです」

「教会への寄付として？」

「いいえ」

根本は首を振った。「そもそも、永沢さんが十年前、盗みに入ったのは、私のためだったのです」

「ほう」

「私が昔ぐれていたことはご存知ですね。——そのころ一緒に暮していた女が、十年前、また私の所へやって来ました。金目当てと分っていましたが、つい懐《なつか》しくて……。その女は、私と一晩過したところをビデオにとって、金を出せとおどして来たのです」

根本はため息をついて、「馬鹿なことをしたものです。——私は思い余って、永沢さんに相談しました」

「なるほど」

「永沢さんは、『お前は牧師なんだ。信者のことだけ考えてろ。金は俺が何とかする』と言って——。翌日、教会へ来て、一千万の金を置いて行ったんです。私は手を合せました……」

「その女とは——」

「はい、その金を渡して、かたを付けました。女も、子供を抱えて思い余ってのことでした」

「で、永沢さんが捕まった」

「見当はついていましたが……。でも、約束させられていたんです。何があっても黙っていろ、と。——十年間、代りに私が入っていなくてはならないのに、と悔まない日はありませんでした」

「しかし、永沢さんは、あんたが立派に牧師として働いているのが見たかったんだ。それで良かったんですよ」

と、宮島は言った。

「そうでしょうか。——少し気持が軽くなりました」

根本は微笑《ほほえ》んだ。

——牧師が帰って行くのを見送って、

「田ノ倉」

「はあ」

「あそこへの寄付を見直そう」

「五十万から減らすんですか」

「いや、一回に百万にしよう」

と、宮島は言った。

崩壊家族

1

「今、どこにいるんだ！」

夫の腹立たしげな声が聞こえてくると、恵《めぐみ》は電話を切ってしまいたくなった。

しかし、何とか受話器を戻すのを思い止《とど》まらせたのは、そんなことをすれば夫の怒りを助長するだけで、帰ってからくどくどと説教されるということが分っていたからである。

「まだ外なの」

「そんなこと分ってる。今何時だと思ってるんだ！　腹を空《す》かして帰ってくりゃ、女房は遊び歩いて帰らないと来てる！」

文句だけは泉の如《ごと》く出てくる人だ。恵は遮《さえぎ》って、

「聞いて！　母の所へ電話したの。年金のことで。分るでしょ？　そしたら全然電話に

出ないのよ。心配になって――」

「いつものことじゃないか。もう耳が遠いんだ。トイレにでも入ってて、出なかったのさ」

「昼間から何度もかけたのよ。でも、出ないの。ちょっと覗《のぞ》いて帰るから。すぐすむわ」

と早口に言う。「貞男《さだお》は塾だから遅いし。――ね、お腹《なか》が空いてたら、パンでも食べて待ってて。一時間はかからないから」

「放っときゃいいんだ。こっちの言うことを聞かないで、好きで一人暮ししてるんだからな」

「そんなこと……。母なのよ、私の。もしものことがあって、放っといたせいで手遅れになったりしたらいやでしょ？　ね、一時間で戻るから――。バスだわ。それじゃ切るわね！」

「ちゃんと食うものを――」

夫の最後の言葉は聞こえなかったことにして、恵は電話を切ると、ちょうどやって来たバスに乗り遅れまいと駆け出そうとした。

ピーピー。

テレホンカードを取るのを忘れた！

恵はあわててカードを抜き取ると、改めてバスへと駆け出して行った。

――勤め帰りの客も多いので、充分に間に合った。それでも、恵はバスが自分を置いて走り出してしまうのではないかと心配で、実際にバスの座席につくまで安心できなかったのである……。

六月の梅雨の日々。蒸し暑さが、まだ四十三の恵にもこたえる。七十になる母が体調を崩してもふしぎはない。

バスで十五分。――母の元気な顔を見て、すぐ帰るというわけにもいかないが、十五分くらいで切り上げて、急いで帰ろう。

一時間、ぎりぎりで家に着く勘定である。

神山《こうやま》恵は、もう暗くなった窓の外へ目をやりながらため息をついた。

つい笑ってしまう。――ため息ばかりついて、年齢《とし》をとって来たような気がする。

やっと四十三なのに、出るのはため息とぐちばかりだ。

夫、神山和茂《かずしげ》は今四十九。中年の疲れが身にしみてくるころで、そのせいか、この一年ほどますます苛々《いらいら》している。息子の貞男が今中学三年生で、来年、高校受験を控えていることも、微妙に恵や夫の苛立ちをかき立てているのかもしれない。

それにしても……。

「食うもんはないのか！」

と、神山に怒鳴られる度に、恵の中の「結婚の夢」は無残に打ち砕かれていく。

夫に怒鳴られても、それが「仕事のストレス」から来る苛立ちだったり、いや、「浮気の後ろめたさ」の裏返しだったとしても、もう少し恵は救われる思いがするだろう。

あんなに本気で怒っていて、その夫の怒りの原因が、単に「空腹のせい」でしかないということ……。

それがやり切れないことだった。

私が結婚したのは、胃袋のことと、ジャイアンツの試合の結果しか頭にない男だったのか。——そう思うと、恵は情なくて涙がにじんでくる。

若いころの夢はどこへ行ったのだろう。一睡もせずに、それでも目を輝かせて仕事に駆け回っていた日々は、もう何世紀も昔のことのようだ……。

——ブザーが鳴って、バスの戸がシュッと開く。

外の様子を見た恵は、あわてて、

「降ります！」

と叫んで立ち上っていた。

危うく乗り過すところだった。

バスを見送って、

「しっかりしてよ」

と、自分に向けて呟《つぶや》く。

そう。今はともかく母の様子を見ることだ。そのためにやって来たのだから。

——母、木谷結《きたにゆい》は、このバス停から五分ほど歩いた一軒家に住んでいる。

古びた日本家屋。

恵が結婚前に住んでいた家、そして生れ育った家でもある。

父はもう十年近く前に亡《な》くなって、母はここで一人暮しを続けている。七十歳といえば、今ならまだ充分に元気でいられる年齢だが、それでも一人でいるとなると、色々な危険に出くわす可能性はやはり否定できない。

「——お母さん」

玄関の引き戸をガラガラと開ける。

鍵《かぎ》はちゃんと持って歩いているのだ。

しかし、やはり様子が変だ。夜だというのに、明りが消えているのである。

「お母さん。——いる?」

明りを点けながら、こわごわ奥へ入《はい》って行く。

「お母さん――」

台所を覗いて、恵の体は凍りついた。


「――ええ、今病院なの。ともかく意識がないので、今応急処置をしてもらってるところ。様子を見てなくちゃいけないから……」

病院の廊下の公衆電話を使っている。もう病院は「眠り」についているので、電話での話し声は気をつかう。

さすがに、母が倒れていて、救急車で運んだとなると、夫も「食うものは」と言いにくいらしい。

「そうか……」

と、面白くなさそうな声で、「危いのか」

「分らないわ。――できるだけ早く帰りますけど、場合によっては帰れないかも。貞男は帰って来た？」

「ああ、さっきな」

「ちゃんとお風呂《ふろ》に入って、寝るように言ってね」

「分った」

——恵は呆《あき》れて受話器を置いた。

義母が倒れて意識不明なのだ。よほど仲違《なかたが》いでもしていない限り、病院へ駆けつけて来るのが普通だろう。

貞男がいて、そうできないとしても、容態を気づかうひと言ぐらいあっても良さそうなものだ……。

でも、恵は初めから期待していない。期待して裏切られたら、その方が怖い。

ともかく今は……。

母がいる処置室の方をチラッと見やったが、変りはないようだ。

恵は、もう一本、電話をかけた。——こっちもあまり期待は持てないが。

「——はい」

面倒くさそうな、女の子の声。

「美智《みち》ちゃん？　私、恵よ」

「あ、今晩は」

と、少しはっきりした声になる。「お父さんに？　ちょっと待って。——お父さん！」

恵の兄、木谷建男《たけお》は、夜になるとたいてい酒を飲んでいるのだ。

しばらく待って、また娘の美智が、

「ごめんね、叔母さん。お父さん、酔っててだめなの」

「そう。じゃあ……明日でもいいわ。伝えてちょうだい。お母さんが倒れたの。今、病院。明日でも、うちへ電話ちょうだい、って」

「――おばあちゃんが？　倒れたの？」

「ええ。救急車でここへ運んだのよ」

「分った！　じゃ、お父さんに水ぶっかけてでも伝える」

今、大学生の二十歳の美智は、祖母、木谷結に可愛《かわい》がられていた。父親が酒浸りの割に、素直な子に育った。

「よろしくね」

と、恵は言って、「お母さん、どう？」

「うーん……。良くも悪くもない」

「そう。美智ちゃんも大変ね。それじゃ……」

一応、病院の名前と電話番号をメモさせて、電話を切る。

――どうなるのだろう？

「ええと……」

看護師がやって来る。「木谷さん？」

「娘です」

「ちょっと書類に記入して下さいな」

「はい」

することができて、却《かえ》ってホッとする。

ナースセンターの窓口で書類に記入する。

老齢の紳士が一人、こんな時間に見舞なのか、やって来て年長の看護師と立ち話をしていた。恵が書き終えて渡す。

「──患者さんは〈木谷結さん〉ですね。七十歳」

「そうです」

「あなたが娘さん？〈神山恵〉さんね。〈こうやま〉？〈かみやま〉？」

「〈こうやま〉です」

「お母様は、とりあえず入院ということになりますが、よろしいですね」

「はい」

「病室が……。今、二人部屋しか空《あ》きがなくて。少し高いですけど」

恵の胃が痛む。

「じゃ、空いたら、もっと広い部屋へ入れていただけるんでしょうか」

「ええ、でもいつ空くとはお約束できませんから……」

「はい、それはもう……」

帰って夫の神山和茂に何と言われるか、それを考えただけで、恵は気が重くなってくるのだった……。

2

翌日、恵が病院へやって来たのは、午後の四時を回っていた。

一応、母の容態は落ちついていたので、ゆうべは家へ帰ったのだが、夫から、

「明日も病院に行くのなら、飯の仕度をして行けよ」

と言われて、ぐったりと疲れてしまった。

それでも、電子レンジで温めればいいように、おかずをラップでくるんで、冷蔵庫へ入れて出て来たので、こんな時間になったのである。

しかし——。

「あの……」

当惑した恵は、廊下を通りかかった看護師へ声をかけ、「ゆうべ入院した木谷結は……」

いるはずの二人部屋に母の姿がない。

まさか。――容態が急変したのだろうか。

恵は緊張していた。

「待って下さいね」

と、調べてくれ、「ああ、病室を移られたんですよ、今日」

恵は胸をなで下ろした。

「じゃ、今はどこに……」

――何かの間違い？

〈特別個室〉のフロアは、他のフロアと違って、静かで、病院というよりホテルのような作り。

そこに母がいるというのだ。

言われた部屋の前で足を止めて見ると、確かに、〈木谷結〉という名札がある。

でも……一体いくら取られるのだろう？

半信半疑でドアをそっと開けてみると、明るい笑い声が聞こえた。

「――いや、そうしていると、昔とちっとも変らないね」

と言っているのは、白髪の紳士で、恵の夫のものとは大分質の違いそうなスーツに身を包んでいる。

「ご冗談ばっかり」

と笑っているのは、母である。

恵は呆然《ぼうぜん》として病室のドアの所で立ちすくんでいた。

「――あら、恵。いつ来たの？」

と、結がベッドから手を振る。

「今……来たとこ」

恵が呆気《あっけ》に取られていたのは、一つには母が「意識不明」から、こんなに元気そうになっていたことと、そしてもう一つ、とんでもなく豪華な病室のせいだった。

「――心配かけたわね。ごめんなさい」

と、結は言った。

「ううん。でも――ずいぶん良さそうね」

「そうでもないんだけどね」

と、結は言って、「こちら、古いお友だちの、宮島《みやじま》さんよ」

「初めまして」

と、恵は挨拶《あいさつ》をして、「あの——ゆうべ母の入院手続をしていたとき、そばに……」

「その通り」

と、宮島という紳士は笑顔で肯《うなず》いて、「あなたの書いた名前を、看護師が読むのを耳にしてね。はて、どこかで聞いた名だと思った」

「そうでしたか……」

「さて。——じゃ、結さん。また時間を見てお見舞に伺うよ」

「お忙しいのに、無理をしないで」

と、結は言った。

「女性のために無理をしなくなったら、男はおしまいさ」

宮島は、恵に、「では」

と会釈《えしやく》して、出て行った。

「すてきな人でしょ？　お母さんが若いころに、お付合いしたことがあるの」

「そう……」

恵は、ぼんやりしていたが、「——お母さん」

「なあに？」

「この病室へ、どうして移ったの？」

結は目をパチクリさせて、

「だって——気持いいじゃないの。眺めもとてもいいのよ。それにお母さん、一人でいるのに慣れちゃったんで、知らない人と一緒っていうのが、いやなのよ」

と、言った。「先生のお話だと、入院は長くなりそうだし……」

「でも、お母さん」

恵は椅子《いす》に腰をおろして、「この病室、一日いくら取られるの？　聞いた？」

「ええ。一日、五万円ですって」

結がさりげなく言った。

「五万円……。ひと月で……百五十万円よ」

「お母さんだって、それくらいの計算できるわよ」

「だって……そんなお金、どこにあるっていうの？」

「ああ。——恵、心配してるのね。この入院の費用を、自分が出さなきゃいけないんじゃないか、って。大丈夫。私だって、いつかこんな日が来ることも予想してたから、ちゃんと使わないで貯《た》めておいたのよ」

「貯めるって……。お母さん、収入なんか年金だけでしょ」

「お父さんの生命保険が入ったの。それに手を付けずに取っておいたし、それとお父さんが、自分でも忘れてた小さな土地があってね。お友だちから安く買って放ってあったの。それが思いがけず売れてね……」

「知らなかった……。じゃ、貯金があるの？」

「ええ。つましく暮していれば、私の寿命の間は充分にもつわ」

初めて聞く話に、恵はただ啞然《あぜん》とするばかり。

「お母さん。一体いくらぐらい貯金があるの？」

と、恵は訊《き》いた。


宮島は、車に乗る前に病院の建物を振り返って、しばらく動かなかった。

「――先生」

秘書の田ノ倉良介《たのくらりょうすけ》が声をかけると、

「ああ、分ってる」

と、車に乗り込んだ。

田ノ倉が運転席について、車は病院を後にした。

「――ご容態はどんな具合ですか」

と、田ノ倉が訊く。

宮島は考えごとから我に返って、

「うん？——ああ、良くはない。次の発作では危いと言われている」

宮島は腕組みをして、「見たところは元気そうだがな」

「そうですか」

田ノ倉は車を高速へのせて、「——お会いになったのは何年ぶりですか？」

「うん……。四十……何年かな」

宮島は、ふと気付いたように、「今度は私が選んでしまったな、一億円のもらい手を」

「先生のお金ですから」

「うん。しかし……良かったのかな、あれで」

宮島はじっと窓の外を見つめている。

——宮島は大金持だが、その財産を継ぐべき妻子や兄弟がない。そこで、気心の知れた秘書の田ノ倉が思い付いたのが、

「一億円をあげる」

相手として、ドラマチックな状況で一億円を必要としている人間を見付けて来て、選ぶのである。

その選択は、本来田ノ倉の役目だが、今回の対象、木谷結は宮島が選んだのだ。

そして、それが果して孤独な老婦人に、どういう結果をもたらすか、二人とも見当がつかないのだった……。


「――恵じゃないか」

と声がして、ふっと我に返る。

「あ……。お兄さん」

木谷建男が、くたびれたスポーツシャツにしわくちゃの上着を引っかけてやって来たのである。

「目が覚めたら、美智の奴《やつ》のメモがテーブルに置いてあってさ。あいつ、起しゃいいのに」

「何言ってるの」

と、恵は苦笑した。「美智ちゃん、お兄さんを起そうとしてずいぶんやってくれてたのよ。お兄さんが酔い潰れてて起きなかったんでしょう」

「そうか？」

と、木谷建男は、恵と並んで、病院の玄関近くの長椅子に腰をおろした。「まあしょうがないよ。誰だっていつかは年齢《とし》を取ってぶっ倒れるんだ。それで……」

と、初めて心配になった様子で、

「おい、もしかして、もう……」

「今はもう意識もあるわ。でも、今度発作が起ったら覚悟してくれと言われた」

「──そうか」

建男は、無精ひげののびた顎《あご》を手で触りながら、「入院は長くなりそうか」

「分らないわよ。──それこそ明日にもまた発作が起るかもしれないし、一年先かもしれないし」

「そうだな……」

建男は黙ってしまった。──恵には兄の考えていることが分る。

「お兄さん。病室へ行くのなら、アルコールが抜けてからにして」

「匂《にお》うか？」

「ええ、すぐ分るわよ」

「そうか……」

「美智ちゃん一人が、明るくああやって──。可哀《かわい》そうじゃないの。お兄さんがしっかりしなきゃ」

「そう言ったってな……」

恵も知っている。兄の建男はもともと腕のいい大工だった。ところがこの不況。仕事が入って来ないので、酒に退屈を紛らわしている内、酒浸りの日々になってしまった。

「ね、入院費のことなんだけど――」

と、恵が言いかけると、

「分ってる。その話をしようと思って来たんだ。俺だって、出せるもんなら出してやりたい。何しろお袋なんだからな。だが、友子《ともこ》はずっと入院していて、そっちもいつまで入ってるか見当がつかねえ。美智は、学費をバイトで稼いでるが、毎日食ってかなきゃいけないし……」

「分ってるわ。聞いてた」

「お前の所も大変だろう。でもな、うちに比べりゃ、旦那《だんな》はちゃんと一流企業に勤めて、収入も安定してる。何とか頼んでくれ。俺も金が入るようになったら、少しずつでも出すから」

一気にまくし立てる兄の姿を、恵は悲しく眺めていた。

こんな人じゃなかった。――いつも恵の憧《あこが》れの的だった兄は、どこへ行ってしまったんだろう。

「お金のことだけどね、お母さんが持ってるお金で充分足りるの。だから、入院費用は心配しなくていいのよ」

建男は面食らって、

「お袋の金？　どうしてお袋がそんな金を持ってるんだ？」

「私もびっくりしたのよ。訊いてみたら……」

恵の話に、建男は狐《きつね》につままれたような顔で、

「呆《あき》れたな！　親父《おやじ》の生命保険？　そんなものに入ってたのか」

「ねえ、私も全然知らなかったわ」

「じゃ――お袋、いくら持ってるんだ？」

恵は、少しためらってから、何となく左右を見回し、どうしてだか声をひそめて言った。

「一億円ですって」

建男の二日酔が、一度に飛んで行った。

3

「今、検査中でして」

と、看護師が言った。「三十分ほどしておいで下されば、病室の方に戻っておられると思いますよ」

——恵は、それでは、と病院の一階にある喫茶室へ行った。

ガラス張りの、明るい午後の日射《ひざ》しが射し込む喫茶室は、見舞に訪れた人、病室を出られる程度の患者でほぼ満席だった。

ガウン姿にスリッパ、中には点滴のスタンドをガラガラ引張っている人もいて、いかにも病院だが、店そのものは、原宿辺りと言われてもおかしくない、可愛《かわい》い内装だった。

どこか席はないかしら……。

合席にしてもらえば座れないこともないだろうが。

そう思って奥へ入って行くと、二人がけの小さなテーブルに肘《ひじ》をついて眠そうにしている若い女の子がいた。

「あら。——美智ちゃんじゃない」

と、恵は言った。

「あ……。叔母さん」

兄、木谷建男の娘、美智は、見違えるほど大人びて美人になっていた。

「ちょっと見ない内に大人になって……。そう言うと嫌われるかしら」

と、恵は笑って、「ここ、座ってもいい？」

「ええ、もちろん」

「良かった！——あなたも検査がすむの、待ってるの？」

「え？」

美智は当惑気味に、「いえ……。お見舞に来たけど、どうしようかなって迷ってたの」

「迷うって、どうして？　おばあちゃん、あなたがちっとも来ないって寂しがってたわよ」

「うん……」

「せっかくここまで来て！　手ぶらで来たって構わないのよ、あなたは一番可愛い孫なんだもの」

——恵は、ウエイトレスにアイスコーヒーを注文して、

「もう蒸し暑いわね。おばあちゃんも、入院してる方がずっと快適よ、きっと」

風呂敷包みをテーブルに置く。

「それ、何なの？」

「お弁当。——病院の食事じゃ物足りないって言うから、昔の味つけを思い出して作ってね……」

「おばあちゃん、喜ぶね、きっと」

「そうね。大して食べられるわけじゃないんだけど」

恵はアイスコーヒーが来ると、一気に半分ほど飲んで息をついた。

「大学、行ってる？」

「うん。――でも、バイトも忙しいんで、もしかしたら留年かも」

「そんな……。お兄さんがねえ、わがまま言わないで、どんな仕事でもやってくれたらいいのに」

恵は、スーツを着て、髪もちゃんとセットしていた。こうしないと、〈特別個室〉のフロアでは浮いてしまうのだ。

知らない人が見たら、一流私立学校の父母会にでも出るのかと思うだろう。とても「病人の見舞」とは思えない。

「お父さん、ゆうべ帰らなかった」

と、美智が言った。

「――帰らなかった？」

「うん」

「仕方ないわね！　どこかで酔い潰れてるのよ、きっと」

と、恵がため息をつくと、美智はいやにさめた表情で、

「そうじゃないの」

と言った。

「え？」

「お父さん、少し前から――」

美智が言いかけたとき、

「おい！」

と、いやに大きな声がして、恵はびっくりした。

「――あなた！　何してるの？」

夫、神山和茂が背広姿でやって来たのだ。

「何してる、はないだろう。お見舞に来ちゃいかんのか」

「そうじゃないけど、黙って……。仕事はいいの？」

「ああ、今日は早退して来た。お義母《かあ》さんが入院してるんだ。それぐらいのこと。――

美智ちゃん、久しぶりだな。色っぽくなったね」

神山は空《あ》いた椅子を一つ持って来て座った。

「もう少ししたら検査が終るって」

「そうか。しかし、今の病院はカラフルだな」

神山は、喫茶室の中を見回した。ウエイトレスが来ないので、

「おい！」

と、大声で呼んだ。「コーヒー！」

「あなた……。病院よ。大きな声出さないで」

と、恵が小声でたしなめた。

「来ないのが悪いんだ！――何か持って来たのか？」

「ええ、お母さんの好きなおかず」

「うん、それが一番いいな。俺も、よっぽどメロンでも買って来ようかと思ったんだが……」

神山はコーヒーが来ると一口飲んで、顔をしかめて、「まずいな。これで四百円？」

恵は、立ち上って、

「検査がすんだかどうか、訊いてくるわ」

と、足早に喫茶室を出て行った。

「――美智ちゃん、大学は楽しい？」

と、神山が訊く。

美智は何となく目をそらして、

「まあまあ」

と答えた。

「君は、おばあちゃんに可愛がられてる。だから言うんだが——」

神山は椅子に座り直すと、身をのり出すようにして、「なあ、一日五万円の部屋に入ってるんだよ、おばあちゃんは」

美智は叔父を見て、

「それがどうかしたんですか」

と訊いた。

「一日五万ってことは、月に百五十万、一年入院すりゃ、千八百万も払うことになる。これは俺の年収の倍以上にもなる。もったいないと思わないか？　君のとこは、親父さんがろくに働いてなくて、君もバイトで大変なんだろ？　もし、おばあちゃんが、今の半額ですむ病室へ移ったら——それだって、豪勢なもんだぜ。それなら年に九百万。もちろん大した金だ。でも、その余った分が君の家へ回れば、君はバイトなんかしないでも、のんびり遊びながら大学へ行ける。分るだろ？」

美智は無表情に聞いていたが、

「でも——おばあちゃんのお金だもの」

と言った。

「うん、そりゃそうだ。だからこそ、君から頼んでみたらいいと思うんだよ。可愛い孫の頼みなら、聞いてくれるんじゃないかな」

美智は黙って水をガブ飲みした。

恵が戻って来た。

「——今、戻ったって。行きましょうか」

「そうか。よし、行こう」

美智は一人座ったままで、

「私、後から行くわ」

と言った。

「あら、どうして？　一緒に行きましょうよ」

「ちょっと電話待ってるの」

と、バッグから携帯電話を出して、「病室の中じゃまずいでしょ」

「じゃあ……後できっとね」

恵は、夫と共に、支払いをすませて喫茶室を出た。エレベーターに乗ると、

「——貞男も一度連れて来よう」

と、神山が言った。

「貞男？　でも——病院よ。風邪でもうつされたら……」

「お前の兄貴の所に負けるぞ」

「負けるって……何のこと？」

恵が当惑している。

「決ってる。お義母さんの金さ。建男さんの所は、美智ちゃんがいるから強い。子供は色々損得が見え隠れするが、孫は違う。向うは美智ちゃんがいるから安心して、見舞にも来ないんだ。こっちも貞男を連れて来て、お義母さんを喜ばせないと」

恵は呆気に取られて、

「そんなこと考えてもみなかったわ」

「おい、まだ今なら一億円、ほとんど丸々残ってるんだぞ。貞男だって、うちに余裕ができりゃ、どこの私立にも入れる。分るだろ？」

「それはそうだけど……」

エレベーターが〈特別個室〉のフロアに停《と》まる。

「さあ、お義母さんに貞男のことを色々話しとくんだ。いいな」

神山が、恵に念を押した。

「もしもし。——あ、徹《とおる》？　私、美智よ。——うん、今から会える？——そうか。じゃ、五時過ぎに行くよ。——うん、それまで時間潰してるから大丈夫。——じゃあね」

電話を切って、美智は席を立とうとした。

「見舞に行かないのかい？」

急に声をかけられて、美智はびっくりした。

「あなた、誰？」

「田ノ倉といってね、君のおばあさんの旧友というかな」

「おばあちゃんの？」

「正確には、『旧友』の秘書。——いいかい？」

と、同じテーブルについて、「近くのテーブルで、君らの話を聞いてたよ。君、見舞せずに帰るつもり？」

美智は少しためらったが、何となくこの男性は信用してもいいという気がした。

「だって——恥ずかしいんだもの」

「恥ずかしい？　何が？」

「おばあちゃんのことなんか、みんな厄介者扱いしてたのよ。お父さんだって、『もし寝たきりになったりしたら、引き取らなきゃいけなくなる』とか言って、『どうせなら、ポックリ逝ってほしいよ』って。――私、自分の親のこと、あんな風に言えるのかと思って、呆れちゃった」

「なるほど」

「ところが、どう？　おばあちゃんがお金を持ってるって分ったら、とたんにあんな風に――。神山の叔父さんだって、お金目当てなんだから。私、そんな人たちと一緒にされるの、いやなの」

「そうか。分るよ」

と、田ノ倉は肯いて、「しかし、向うは年寄りだ。もう七十年も生きて来て、人生の色んな顔を見ている。――君が心から心配して見舞に来ていることぐらい、ちゃんと分ってくれるさ」

「そうかな……」

「君が顔を見せないと、それこそ寂しがるだろう。行っておあげ」

美智はふしぎに素直な笑《え》みを浮かべた。

「――君、お母さんは？」

「母は……入院してます」

「そうか。じゃ、大変だね」

「こんなこと……言っていいのかな」

と、美智は淡々と、「お母さん——アルコール依存症なの」

「お酒を飲んで？」

「お父さんに付合って——。というか、お父さん、仕事が減って、苛々《いらいら》してよくお母さんを殴ったの。それでお母さん、いつの間にかお父さんのお酒を飲むようになって……」

「それで入院か」

「精神的に立ち直るのは時間がかかるって……。私、辛《つら》くて、お母さんの所へもあんまり見舞に行かないの。それもあって、おばあちゃんのお見舞が、つい行きにくくなるの」

「なるほど」

と、田ノ倉は肯いた。「君のお父さんは、実の息子だろ。あまり見舞に来てないようだね」

「ええ……。お父さん今、女がいるの」

と、美智が沈んだ声で、「ゆうべ帰って来なかったのも、その女のせい」

「そうか。君がさっき言いかけたのはそのことか」

「おばあちゃんにそんなこと言えないし。家がうまく行ってないのに、幸せそうなふりをするのなんて、いやだし」

「しかし、それならなおのこと、君だけでも行ってあげなさい。いつ発作が起るかもしれない。そのときになって、『行っておけば良かった』と思っても遅いよ」

「——はい」

と、美智は肯いた。

美智たちが喫茶室を出て、エレベーターの方へ歩いて行くと、やって来た二人連れの、女の方が、

「私、そこで待ってるわ」

と、喫茶室の方へ向う。

「すぐ戻るから——」

連れの男がそう言いかけて、「美智」

「お父さん……」

美智は、青ざめた顔で、父親を見つめていた。

4

「それで、どうした」

と、宮島は言った。

「病室はいっぺんににぎやかになって。木谷建男と娘の美智、神山恵と夫の和茂の四人が一度に見舞に訪れたんですから」

「そうか……」

宮島は、居間のソファに寛《くつろ》いでいる。

「まあ、神山和茂が、何かというと『もったいない』を連発して、もっと安い部屋へ移った方が、と言っていましたが」

「そんな奴を相手にすることはない」

と、宮島は首を振って、「一億円を使い切るまで元気でいてほしいものだ」

「しかし――子供たちはもうすっかり『遺産』を手にした気分ですよ」

宮島はため息をついて、

「やはり、あの人に一億円をあげたのは、間違いだったかな」

「珍しいですね。いつも自信たっぷりの先生が」

宮島はジロリと田ノ倉をにらんで、

「お前にそんな皮肉を言われる覚えはないぞ」

「皮肉じゃありません。――それに、話はまだすんでないんです」

「何だ、早くそう言え」

「私は、何となくオブザーバーといった立場で、病室の隅に控えていました」

と、田ノ倉は言った。「やはり、孫の美智には、結さんも顔がほころんで、ニコニコして、『ボーイフレンドができたら、連れておいで』なんておっしゃっていました。しかし、あの父親も、彼女を下に待たせて見舞に来るんですから――」

「そいつは先行きもあまり見込みがないな」

「むろん、結さんはご存知ないと思いますが。――それで、神山和茂が、『お疲れになるといけないから、もう失礼しよう』と言い出したんですが、そのとき、結さんが――」

みんな、何秒かの間、言葉が出なかった。

「母さん」

と、木谷建男が言った。「今、『旅行に出る』って言ったのかい?」

「ええ、そうよ」

と、結がベッドでにこやかに肯いている。

「そんなの、無茶だよ! 具合悪くて入院してるんだよ、母さんは」

「分ってるわよ。でもね、先生ともお話ししたの。このまま、じっと寝てても、どこへ出かけてても、発作が来れば同じだって。それなら、まだ起きられる内に、好きなことをした方がいいってことになったの」

みんなが顔を見合せる。

「――お母さん」

と、恵が言った。「一体どこへ行こうっていうの?」

「豪華客船で世界一周っていうのに乗ろうって思ってるの」

と、結は平然と言った。「これなら、ただ船室で横になったり、甲板で座ってりゃいいし。誰か、付添いの人を雇って、途中で万一のことがあっても、他のお客さんたちに迷惑をかけないようにするから」

「世界一周……。お母さん、北海道だって行ったことないのに!」

「どうせ長くはないのよ」

と、結は明るく言った。「それなら、好きなことしておいた方がいい、って気がしてね。船が、私と付添いの人で二千万円くらい。食事もちゃんとつくし。他にも仕度はあるけど、無事に帰って、まだ入院するぐらいのお金は残ると思うの」

「それはそうだろうけど……」

と、建男が呟《つぶや》くように、「だけど——」

「いや、お義母さん、我々もお義母さんが自分のお金をつかって、したいことをしようというのには賛成ですよ」

「ありがとう、和茂さん」

「ただ——そんな遠く離れた所で、万が一のことがあると、僕らとしても悔いが残ります。僕らの気持も考えていただいて——」

「でも、私がそれでいいんだから、構わないじゃない」

と、結はアッサリと言った。「もう、申し込みはしてしまったの。とりあえず、手付けだけ打って、後は一緒に行って、世話してくれる人を捜してからね。その人の分も申し込まなきゃいけないから」

明るい表情でいるのは、結一人。見舞に訪れた者たちは、全員言いようのない重苦しい表情をして黙っていた。

すると——美智が口を開いて、

「私、おばあちゃんの好きにすればいいと思うな」

と言った。

「ありがとう、美智ちゃん」

美智はベッドへ近寄って、結の手を軽く握ると、

「じゃ、また来るね」

と言った。「出港のときは見送るよ」


しばらくは誰も口をきかなかった。

結の病室を後にして、全員、誰が言い出したわけでもないのに、喫茶室へ入って行ったのである。

木谷建男は、奥のテーブルにいた連れの女の方へ、ちょっと肯いて見せて、他の面々と中央のテーブルを囲んだ。

「——困ったことだ」

まず口を開いたのは、神山和茂だった。

「でも……」

と、恵が口ごもりながら、「そうは言っても……母のお金ですもの。どうしろ、とは言えないわ」

「建男さんはどう思います？」

神山に訊《き》かれて、建男は腕組みして唸《うな》っただけだった。もともと、しゃべることは苦手である。

「――これが本当にお義母さんのためになることなら、僕も何も言いませんよ」

と、神山は言った。「しかし、あれじゃ金をドブへ捨てるようなもんだ」

「どうして？」

と、美智は言った。「おばあちゃんは旅行したいんでしょ。もし途中で死んでもいい、って決めてる。みんなに迷惑かけないように、とも考えてる。私たちが文句言うことないと思うけど」

「美智ちゃんは若いからね」

神山が小馬鹿《こばか》にするような言い方をした。「付添いを連れてくということだが、その付添いにも、一千万からの費用はかかるんだ。赤の他人だよ。馬鹿らしいと思わないか？　それに、そういう仕事をしてると、年寄りの扱いは上手《うま》くなる。――賭《か》けてもいいね。旅行から帰ったとき、お義母さんは残った財産を全部その付添いに遺《のこ》す、って遺書を書いてるだろうね」

「だからって、どうすればいい？」

と、建男が言った。「行くのをやめろって言うのか？」

「そこを考えるんだ」

と、神山が言った。

「私、約束があるの」

と、美智が立ち上った。

「おい、美智――」

「お父さんは、連れがあるんでしょ。私、先に行く」

建男は、顔を真赤にしたが、何とも言えない。

美智が喫茶室を出て行くと、

「大人同士の話ができるのは、悪いことじゃない」

と、神山は言った。「建男さん、そちらの方を紹介して下さい」

建男は、いささか照れくさそうに、待っていた女を同じテーブルへ呼んだ。

「原口京子《はらぐちきょうこ》です」

と、紹介した。

「よろしく」

そう若いという風でもない。四十前後か、髪を赤く染めているのが、何となく派手なイメージを与えていた。

「それじゃ、みんな本当のところを話し合いましょうよ」

と、神山が言った。「お義母さんの金を、何とか減らさずに、子供たちに遺るようにしたい。——その思いは同じでしょう?」

誰も、反対しなかった。反対しないことで、みんな「共犯者」になったような気分だった……。

電話が鳴っていた。

恵はすぐに目をさまして受話器を取ったつもりだったが、目が覚めるまで、しばらく鳴り続けていたらしい。

「——はい」

と、恵は言って、病院からと知ると、一気に頭がはっきりした。

用件を聞くのは、ほんの一分もあればすむ。

「どうも……。すぐ参りますので」

と、くり返し言っている時間の方が長かったかもしれない。

「あなた。――あなた」

午前三時に近い。ところが、夫のベッドは空だった。

こんな時間に？――どこへ行ったんだろう？

恵は身仕度をした。

寝室を出て、思わず声を上げる。

「貞男！　どうしたの、こんな時間に？」

十五歳の息子は、パジャマ姿にメガネをかけた暗い表情で母親をにらんで、

「もっと早く電話に出てよ」

と言った。「目が覚めちゃったじゃないか」

恵は、どう言っていいか分らず、

「ごめんなさい。――お母さん、疲れてたの」

「僕だって疲れてるよ」

そう言って、中学三年生の息子はクルッと背を向け、自分の部屋へ戻って行く。

恵は、何の電話だったのかも聞かない我が子の後ろ姿を、身震いするような思いで見送っていた……。

5

病院へ駆けつけた恵は、看護師長に迎えられて、

「どうぞ」

と母の病室へと向った。

「あの——どんな様子でしょうか?」

と、息を弾ませながら訊いたが、

「病室へいらして下されば」

という返事だけ。

母の病室までが、とんでもなく長く感じられた。

看護師長がドアを開け、

「おみえです」

と言って、中へ入れてくれる。

そして——恵はソファに意外な顔を見付けた。

「あなた!」

神山和茂が、額にしわを寄せて、難しい顔で座っていた。

「――どうしてここに？　誰から聞いたの？」

と、恵が言うと、

「うるさい」

と、夫は一言だけ言った。

「奥さん」

担当の医師がベッドの傍に立っていた。

「先生……。母はどうでしょうか」

母は眠っている様子だった。

「発作と申し上げたと思いますが、正しくはそうではないんです」

と、医師は言った。

恵は、病室の中に、ガードマンが立っているのを見て、妙な気がした。

「といいますと……」

「お母様は、眠っているときに、顔に枕《まくら》を押し付けられ、窒息させられそうになったのです」

恵は愕然《がくぜん》とした。

「それは——誰かがやったということですか？　わざと？」

「田ノ倉さんから注意を促されていたので、危機一髪、助かりましたが……」

医師は、神山の方を見た。

恵は、わけが分らなかった。

「先生、それは——」

「ご主人が、お母様を殺そうとした、ということです」

医師ははっきりと言った。

「そんな……」

「事実です」

ドアが開いて、田ノ倉が入って来た。

「あなたは……昼間もいらした方ですね」

「ええ。——皆さんの話し合いも、近くで聞かせていただきました」

「じゃあ……」

「ご主人が、結さんのお金にいやにこだわっておられるので、調べさせていただきました」

「といいますと？」

「ご主人は、会社のお金を個人的に流用し、会社から訴えられるところでした」

恵は唖然《あぜん》とした。

「あなた！　本当なの？」

神山は無言だった。

「結さんが亡くなれば、あなたも遺産を受け取る。ご主人にとって、それが唯一《ゆいいつ》の望みだったんです」

と、田ノ倉は言った。

「母を……殺そうとした？」

「どうせ、大して長かないんだ。同じじゃないか！」

と、神山は吐き捨てるように言った。

「何てことを……」

力が抜けて、恵は危うく尻《しり》もちをつくところだった。

ベッドにつかまったが、それでベッドが揺れたのか、結が目を開いた。

「――恵なの」

「お母さん！」

「まあ、どうしたの？――夜でしょう、まだ？」

「お母さん……」

恵は、母親のベッドに顔を伏せて泣き出した。

「まあまあ……。何よ、一体？」

と笑って、結は少し咳込《せきこ》んだ。

「お母さん……。大丈夫？」

「心配かけて悪いわね」

「そんな……」

「美智ちゃんも……。あの子はどこ？」

と、結が病室の中を見回した。

「美智ちゃんはいないわよ」

と、恵は言った。「昼間、お見舞に来たでしょ？」

「ええ、憶《おぼ》えてるわよ」

と、結は肯いて、「でもね、夜遅くにも来たのよ」

「ここに？」

「そう。――私、眠くてね、初め来てくれたとき、何か話したけど、よく憶えてないの」

「初めって？」

「もう帰るね、って言って、あの子、出て行ったのよ。私、また眠ってて……ふっと気が付くと、またあの子が立ってたの」

「どうして二回も……」

「ねえ。私も訊こうと思ったんだけど、何も言わない内に、あの子、スッと出て行ってしまったのよ……」

「夢見たんじゃないの？」

と、恵は言った。「でも――ともかく良かったわ、無事で」

結は、神山がソファに座っているのを見ると、

「まあ、こんな時間に、わざわざ来て下さったのね」

と言った。

「いや、どうも……」

神山が目を伏せる。

「――どうします？」

と、医師が言った。

「あの……待って下さい。お願いです。母と話をさせて下さい」

医師は肯いて、

「分りました。ご主人は下の当直室でお預りしておきます」

ガードマンに促されて、神山は病室を出て行く。

田ノ倉は医師と一緒に廊下へ出て、

「ありがとうございました」

と、礼を言った。

「いやいや。とり返しのつかないことにならなくて良かったですよ。——とんでもないことだ」

「全くです。——私はここにいますから」

田ノ倉は、医師がいなくなると、電話で宮島へ連絡した。

「——お前の勘が当ったな」

と、宮島が言った。

「結さんは長生きされるかもしれませんよ」

「そうだな。明日、私も行こう」

「分りました」

田ノ倉は電話を切った。

振り向くと、美智が立っている。

「君、やっぱり来てたのか」

「今の話、本当？」

美智が訊く。

「神山さんのことか？　本当だ」

美智は、深く息をついた。そして、病室へと入って行く。

──恵が、床に膝《ひざ》をついて、泣いていた。

「美智ちゃん」

結がゆっくり顔を向けて、「やっぱりいたのね」

恵が涙を拭《ふ》いて、

「お母さん……。助けて。お願いよ」

と、震える声で言った。「貞男は大切な時なの。今、父親が捕まったりしたら……。

あの人を許してやって！」

「恵……。あんたの泣くのなんて、何十年ぶりかね、見たのは」

と、結は言った。

「お母さん……」

「心配しないで。——訴えたりしないよ」

「ありがとう！」

と、恵は母の手を包み込むように握った。

「でも、どうするの？　お金を返さないと、会社から訴えられるんだろ？」

「仕方ないわ、それは。——主人の実家にでも相談する。お母さんのお金は使わせない」

恵は立ち上ると、「貞男の受験がすんだら——あの人と別れるかもしれない」

「その方がいいかもしれないわね」

「でも、ともかく、今はまだ……」

恵は涙を抑えて、病室から出て行った。

「——美智ちゃん」

と、結は言った。「あなたはどうしてこんな時間に来たの？」

美智はベッドの傍の椅子《いす》に腰をかけた。

「おばあちゃん。知ってたんだね、私が来たの」

「——もちろんよ。二回、来たのもね」

美智はなぜかドキッとした様子で、

「眠ってると思ってた」

と言った。

「いいえ。起きていたわ。——だから知ってるのよ、あなたがじっとそこで迷っていたのを」

美智は肩を震わせて、

「ごめんね……」

と言った。「私も——私も、おばあちゃんが死んでくれたら、と思ってた。何もしなかったけど、心の中では、やろうかと思ってた……」

「やさしいあなたが、どうして？」

「お母さんの所へ——行ったの」

「友子さんの病院へ？」

「今日、ここを出てから、行ったの」

と、美智は言った。「お母さんの病院は……惨《みじ》めで、暗くて……。お母さんは、まるでおばあちゃんより年上みたいに老《ふ》けてしまってた。——髪も真白になって……」

「気の毒に」

「お父さんは女を作って——女からは、奥さんと別れろと言われてるの。気の弱いお父さんは引張られて、いいように操られてる。お母さんがどうなるか、私、怖くて……」

美智は息をついて、「もし、今、おばあちゃんのお金が入ったら……。お父さんも、女にお金をやって別れられるし、お母さんをもっといい病院へも入れられる……。ふっと、そう思ってしまったの」

「分るわ」

「ひどい孫だね。——自分でも、恥ずかしくなって、しばらく屋上で風に吹かれてた」

美智は手の甲で涙を拭《ぬぐ》うと、「——私、大学をやめて働く。お母さんを、何としても治してあげるの」

と立ち上った。

「また……来てもいい？」

「もちろんよ。待ってるわ」

結は、美智の手を軽く握った。

「じゃ、おやすみなさい」

美智は、やっと微笑《ほほえ》むと、病室を出て行った……。


「——間違っていたかな」

と、宮島は言った。

「どうして?」

結は、少しベッドを起して、ゆっくりお茶を飲んでいた。

「いや、なまじお金をさし上げて、却って子供さんたちの家庭は……」

——明るい午後の日射《ひざ》しが病室へ入っている。

宮島は、結のやさしい眼差《まなざ》しに、つい心が和むのだった。

「ねえ、宮島さん」

と、結は言った。「私は本当に感謝してるんです。子供や孫たちが、ああしてやって来てくれた。たとえ、私の預金通帳が目当てでも、その中に少しは本当の愛情も混っている」

「まあそうでしょうが……」

「宮島さん。子供たちは成長して親のもとを離れ、自分たちの家庭を作る。そうすれば、当然、元の家庭は崩れていくんです。——順ぐりに、家庭は消えていくものなんですよ」

と、結は言った。

「なるほど」

「美智ちゃんが母親の姿を見て、私が死ねばと思ったのは、子供として当然のことですよ。ただ、それを止める勇気があの子にはあった。神山さんと違ってね」

「どうします？　医者は怒っていますよ。警察へ届けるべきだと言って」

　結は微笑んで、

「――まだ子供たちが小学生のころ、私、あるパーティに招《よ》ばれたことがあります。夫もその日は休みを取ってくれて、『ゆっくりして来い』と言われたんです」

　と思い出しながら、「でもね、いざパーティのお料理をいただいて、おいしいと、『これを、夫や子供にも食べさせてやりたい』と思ってしまう。お料理が沢山余っていると、『ああ、持って帰ってやりたい』と思ってしまうの。――夫や子供が一緒でないと、料理のおいしさをゆっくり味わうこともできないのね」

　と笑った。

「子供はいくつになっても親から見れば『子供』。――建男も恵も、私から見れば頼りない子供なんです」

　結は宮島を見て、「お願いがあるんです」

「何でしょう？」

「あなたの下さったお金で、子供たちを救ってやりたいんです。――それは、あなたの本来のお気持とは違うでしょう。でも、子供たちを放っておいて、一人で世界旅行へ出ても、きっと思うんです。『ああ、子供たちを連れて来てやりたかった』って……」

宮島は、結の手を取って、

「あなたのお金です。どう使おうと、ご自由ですよ」

と言った。

「ありがとう……」

結は、ホッとしたように肯いて、宮島の手を握り返した……。


「――田ノ倉さん」

と呼ばれて、振り返ると、事務服姿の若い娘が立っている。

「忘れた？」

「さて……。木谷美智って子と似てるけど」

「わあ、憶えててくれた」

オフィス街の通りに、大判の封筒を抱えた美智は、よく似合っていた。

「大学はどうしたの？」

「やめて働いてるの。――おばあちゃんのお金は、お母さんのことだけに使ってる」

「そうか……。結さんはお元気？」

「私が結婚するまでは生きていたい、って。——私、当分独身の予定だけど」

と、美智は笑った。「叔母さんも、この近くに勤めてるのよ」

「知らなかったよ」

「貞男君も、お母さんと二人になったら、ずいぶん逞《たくま》しくなった。——何が幸いするか分らないわね」

恵が神山の使い込んだお金を母親から出してもらって返した後、離婚したことは、田ノ倉も知っていた。

「——私、おつかいの途中なの。それじゃ！」

「元気で」

田ノ倉は、美智が足早に人波の間へ消えていくのを見送った。

田ノ倉はあの夜、美智が結のベッドのそばで自分と闘っている姿を見ていた。

人は自分に勝つことを経験すると、成長していくものだ。

美智の真直《まっす》ぐに伸びた背筋は、力強く、誇りに満ちて見えたのだった。

見開きの町

1

「何をぐずぐずやってるんだ！」

先輩のベルボーイの叱声《しっせい》が飛んでくる。

しかし、そのスーツケースはとんでもない重さだった。車のトランクから運び出そうとして、浅井《あさい》はよろけた。

一体何が入ってるんだ？——ともかく、大きさだけでも、ほとんど浅井の肩ぐらいまでの高さがあり、しかも厚みも並のスーツケースの倍はあった。

両手で把手《とって》をつかみ、何とかトランクから出したものの、それを台車まで運んで行くのはとても無理だった。

足がもつれて、スーツケースを倒してしまいそうになる。

仕方ない。浅井はともかく一旦《いったん》スーツケースを下へ置いた。——そっと置いたつもりだったが、底についた車輪と金具が、ガシャンと派手な音をたてた。

「おい！　もっとていねいに扱え！」

ベンツを降りて来た三つ揃《ぞろ》いのビジネスマンらしい男は、浅井に向って怒鳴った。

「申しわけありません！」

と、ベルボーイの先輩が飛んで来た。「おい、だめじゃないか！」

自分で持ってみろ！――浅井は心の中で言い返した。むろん、心の中だけで。

「申しわけありません」

と、頭を下げる。

「新人なもので。――よく注意しておきますので……」

「困るぜ、大事な商品見本が入ってるんだ。そんなショックを与えて、故障でもしたら、替えがないんだから」

と、男は苦々しげに言って、「もし何かあれば、弁償してもらうぞ。一千万もする商品なんだからな」

「飯沢《いいざわ》様、大変申しわけございません」

――浅井は、この飯沢という客がどんなに偉いのか知らなかったが、そんなデリケートな物を、スーツケースへ入れて車のトランクに放り込んでおく方がおかしい、と文句を言った。

もちろん、「心の中で」だけ。

「――どうしたの？」

ベンツから降り立った女が、飯沢に訊《き》いた。

つややかな銀色の光沢《こうたく》のある毛皮のコートをはおった若い女だ。

飯沢はもう四十前後だろうが、女の方はずいぶん若い。

「何でもない。このボーイが危うくスーツケースを壊しかけたのさ」

と、飯沢は言うと、「入ろう。外は寒い」

浅井は汗をかいていた。「寒い」だって？

そりゃ、働かなきゃ寒いさ。こっちは重い荷物を、かじかんだ手で運んで、凍えるような思いをしても汗をかくんだ。

「おい、早く台車へのせろ！」

と言われて、浅井は大きく息をついた。

このスーツケースをまた持ち上げて、台車へのせる自信がない。――確かに、浅井は力持ちとは言えなかったが、二十八歳の男としては平均的な腕力の持主だった。それでも、このスーツケースは……。

「——紀子《のりこ》。行こう。何してるんだ」

ホテルの正面玄関を入ろうとして、飯沢は振り向いた。

「のりこ」という響きが、浅井の耳をくすぐる。——紀子。紀子。

腰を落として、スーツケースを持ち上げようと手をかけると、

「重いわよ、それ」

と、女は言った。「でも大丈夫、ガラスでできてるわけじゃないわ。鉄の塊《かたまり》みたいな物だから、少しぐらいのことじゃ壊れないわよ」

浅井は顔を上げた。

「——あなたもボーイさんでしょ?」

女が、立って眺めている先輩のベルボーイへ声をかけた。

「は、はい!」

「どうして手伝ってあげないの? 重くても、二人で運べば楽でしょう」

「はあ。——もちろんです!」

先輩があわてて駆けてくると、一緒にスーツケースを持ち上げ、台車へのせた。

「そうそう。それでスーツケースも傷がつかずにすむでしょ」

女は微笑《ほほえ》んで、ハイヒールのかかとを鳴らしながら、飯沢の方へ歩いて行った。

「放っとけよ、あんな奴《やつ》……」

飯沢が、若い女の肩を抱いてホテルのまぶしく明るいロビーへ入って行く。黄昏《たそがれ》かけた表に立っていると、大理石のロビーを行く彼女の後ろ姿が見える。

「――いい女だな」

先輩の声で、浅井は我に返った。

「これを部屋へ運びます」

と、台車を押して行くと、

「待て」

と、先輩が浅井の肩をつかんで、「お前じゃ、重くて、下ろすのが大変だろ。俺が持ってってやる」

浅井を脇《わき》へ押しやると、自分で台車を押して、傍の荷物用の出入口から入って行く。

もちろん、浅井に気をつかってくれたわけではない。あの「いい女」の顔をもう一度見たいだけなのだ。

浅井は肩をすくめて、先輩が口笛など吹きながらロビーをエレベーターの方へ向うのを見ていた。

風が強いのは、この辺に高層ビルが沢山並んでいるからで、本当に風の強い日なのか、

「ビル風」なのか分らない。

しかし、今の浅井には、凍えるような風も気にならない。頬《ほお》が熱くほてって、胸の奥深い所が焼けるように痛んだ。

——紀子。

あの毛皮の女が、本当に紀子だったろうか？　俺の見間違いか、他人の空似《そらに》ではなかったか。

いやいや。まだ二十八歳なのだ。目も耳も確かで、俺はこの目で彼女を見、この耳でその声を聞いた。昔——もう遠い昔に、熱く愛を囁《ささや》いたその声を。

「紀子……」

と、声に出して呟《つぶや》くと、自ら傷口をかきむしるような快感があった。

それは苦痛だったが、少なくとも、「彼女がひき起した感覚」だった。

「おい！　ボーイ、荷物だ」

車が停《とま》って、窓からどう見ても大学生らしい若者が呼んだ。

俺を呼んでいる。これが俺の仕事なのだ。

浅井は胸を張り、

「はい」

と答えると、足早に車へ近付いて、「お泊りでいらっしゃいますか？」と訊いた。

「ね、見た、あの凄《すご》い毛皮の女？」

ロッカールームへ向うウエイトレス数人がしゃべっている。

「ああ、見た見た！　高そうな毛皮ね。でも本物かしら？」

「本物、本物」

と、一人がしっかり肯《うなず》いて、「私、以前に毛皮のお店で働いてたことがあるの。あの光沢は間違いなく本物！」

「いくらぐらいする？」

「そうね……。ロングだったでしょ？　じゃあ……一千万かな」

「凄い！」

と、一斉に声が上った。

「私も欲しい！　ルームサービスでも運んでったら、『チップだよ』とか言って、あの毛皮くれたりして」

「じゃ、あの女の人、何着て帰るの？」

「いいじゃない。どうせ脱ぐために来てるんでしょ」

その言葉に、派手な笑い声が起った。

「スイートよ、二十万もする」

と、一人が言った。「私、ルームキー、見ちゃった」

「じゃ、十六階の？」

「一番奥の、〈1622〉。大したもんよね！」

「男の人、何してる人なんだろ」

「さあ……」

――女の子たちの声が遠ざかって行く。

〈1622〉。――憶《おぼ》える気はなかったのに、その番号は、くたびれ切って休んでいた浅井の頭に焼きつけられていた。

立つのも辛《つら》い。――朝の七時。やっと勤務が明けたのである。

男子のロッカールームの椅子《いす》にぼんやりと腰かけていたとき、廊下を、女の子たちが通って行ったのだ。

紀子が一千万円の毛皮か。――俺はこれだけ働いて、ボロきれのようにくたびれて、月に十何万だかの給料にありつくのだ。

紀子か。——もう「あの女」は紀子なんかじゃない！　俺が恋した紀子なんかじゃない！

浅井は、蝶《ちょう》ネクタイをむしり取って、コンクリートの冷たい床へ投げ捨てた……。

そして——十分後、浅井は十六階でエレベーターを降りていた。

廊下は静かで、どの部屋も寝静まっているようだった。——突き当りに、両開きのドアがある。このホテルでも特に広いタイプのスイートルームの一つだ。

この奥に……。奥の、またその奥の寝室のキングサイズのベッドで、彼女はあの飯沢とかいう男に抱かれて眠っているのだろう。

そう考えただけで、浅井は叫び出したくなった。このドアを思い切り叩《たた》いて、大声でわめいてやろうか。

馬鹿《ばか》げたことと分っていても、本当にそうしかねなかった。——あの女は、もう紀子ではないと思っても、しかし同じ肉体を持った、同じ女に違いないのだ。

浅井は、両開きのドアに両手を当てて、何度も深く息をした。——自分と闘い、何とか自分を抑えるのに、しばらくかかった。

もう行こう。忘れるのだ。疲れ果てて、死んでいるかと思われるほど眠ろう。それしか、今の自分にはすることがない……。

ドアに背を向け、鉛のように重い足で歩き出す。——数メートル行ったときだった。

カチャリと背後で音がして、ドアの開く気配があった。

まさか。——空耳だ。

振り返らずに行こうとした浅井の背へ、

「行っちゃうの？」

と、彼女の声が届いた。「元治《もとはる》。——私、そんなに変った？」

信じられない思いで振り返ると、紀子がガウンを着て立っていた。

「——あなたのこと、分ってないと思ってた？　車がホテルに着いた瞬間、あなたが他の人のスーツケースを運んでる後ろ姿を見て、すぐに分ったのよ」

「紀子……」

「ここまで来たんでしょ。私に会いたかったんでしょ。それなら、ここへ来て」

紀子が両手を差しのべる。

浅井は、とても自分を抑えることができなかった。

走った。——走るほどでもない距離を走った。

距離は短かかったが、しかし二人の間には「過去」という長い空間が広がっていたのだ。

浅井は、その空間を飛び越えて、「かつての紀子」の腕の中へと飛び込んで行ったのである。

2

「おはようございます」

と、田ノ倉良介《たのくらりようすけ》は立ち上って、エレベーターから現われた宮島《みやじま》を迎えた。

「まだ八時五分前だぞ」

と、なぜか宮島は顔をしかめて、「たまには私より遅く起きて、あわてて駆けつけて来い」

田ノ倉は、秘書として、こんな宮島のものの言い方には慣れている。これは「宮島流」のほめ方なのだ。

「朝食のお席を予約してあります」

と、田ノ倉は言った。「和食でよろしいんですね」

「そうだな」

宮島は手にしたルームキーを振り子のように揺らして、「今朝はコーヒーとゆで卵にするか」

「ではエスカレーターで一階下へ」

と、田ノ倉は即座に言った。

「和食の方を予約したんだろう」

「両方予約してあります」

宮島はため息をついて、

「全く、お前は面白くない奴だ」

と、首を振った。

——宮島勉《つとむ》は、もう七十近いが、動作にも、真直《まっす》ぐ伸びた背筋にも、充分に若々しさがあった。

大金持だから、と言ってしまえば簡単だが、そういうものでもあるまい。——今日は午前中の早い時間に、アメリカからの客と会う予定があり、ゆうべ、秘書の田ノ倉ともどもこのSホテルへ泊ったのだった。

——ティーラウンジで、コーヒーとトーストの朝食をとる。

「昼前に話が終ったら、ここのプールで少し泳いで行こう」

と、宮島は言った。

「お元気ですね」

「お前もな、たまには女の所で寝坊して遅れてくるぐらいのことをしろ。人間、堅いばかりじゃ幅ができんぞ」

「ご心配いただいて、どうも」

田ノ倉は澄ましている。

一見、絵にかいたような「真面目人間《まじめ》」に見える田ノ倉だが、決してそうでないことは宮島もよく知っている。

宮島は身寄りがなく、莫大《ばくだい》な財産をどう使うか、悩んだ挙句、見知らぬ他人に「一億円を提供する」という趣味を持つに至った。

誰でもいい、というわけではなく、「そこに何かドラマがあること」が条件なのだが、その相手を見付けてくるのは、田ノ倉の仕事なのである。

「こういう大きなホテルは、色々な人生を呑《の》み込んでいるものだ」

と、コーヒーを飲んで、「――君、もう一杯頼むよ」

と、可愛《かわい》いウエイトレスに微笑《ほほえ》みかける。

「かしこまりました」

ウエイトレスが急いでコーヒーポットを手に戻って来て、宮島のカップを満たした。

「ありがとう。――一晩の内に、このホテルの部屋でくり広げられる人間ドラマを想像すると――」

と、宮島が言いかけると、

「――すてき！」

コーヒーポットを手にしたまま、ウエイトレスが声を上げた。

「どうしたね？」

宮島が顔を上げると、ウエイトレスの目はエレベーターの方へ向いている。

「〈映画スター〉でも現われたかな？」

古風なことを言うと、

「あ――いいえ！　あの毛皮のコート！　高そうなんですもの！」

ウエイトレスは至って素直に「感動」を表わした。

振り向くと、確かに銀色の光沢の毛皮のロングコートをはおった若い女が、男と連れ立ってエレベーターから出て来たところだった。

しかし、田ノ倉はいぶかしげに、

「アンバランスな二人ですね」

と言った。

男の方は、くたびれたジャンパー姿で、女の肩をしっかりと抱いているものの、何だかせかせかと、いやにあわてているように見えた。

「いやだ」

と、ウエイトレスが目を丸くして、「あの人、ベルボーイの浅井さんだわ」

田ノ倉も、そう言われて思い出した。昨日このホテルへチェックインしたとき、部屋まで荷物を運んでくれたボーイである。

まだ不慣れなのが、見ていてもよく分った。

二人は、そのままロビーを横切って行こうとしたが、もう一台のエレベーターが開いて、
と、白い上着のボーイが転がるように出て来た。「人殺しだ！　〈1622〉のお客さまが……殺されてる！」

「大変だ！」

かすれた声で叫ぶと、真青な顔でよろけ、膝《ひざ》をついた。

フロントの男が、びっくりして飛び出して来た。

「〈1622〉って――飯沢様か！」

「ナイフで刺されて……」

と言ったきり、ボーイは床に座り込んでしまった。

「まさか……」

と、ウエイトレスが言った。「あの女の人——飯沢様のお連れの方だわ」

フロントの男も、目立つ毛皮の女に気付いたらしい。

「お待ち下さい！」

と、呼び止めた。

二人は駆け出した。——真直ぐ、宮島たちのいるラウンジへと。

「——浅井さん、どうしたの？」

ウエイトレスが、呆然《ぼうぜん》として訊くと、

「君——悪いけど」

と言って、その男はナイフをつかんだ右手を出した。「一緒に来てくれ」

「え？」

「人質だ！　みんな動くな！」

浅井という男は、やおらウエイトレスの胸もとへナイフを突きつけた。

「やめて！　危い！」

と、ウエイトレスは言った。

「そうだ。みんな近寄ると、このウエイトレスが危いぞ！」

「そうじゃなくて……。コーヒーが……」

ナイフの刃が胸へと迫って来て、ウエイトレスはあわてて後ずさったのだが、何しろ片手にコーヒーのポットを持っている。

ポットが揺れてコーヒーがこぼれた。

「熱い！」

ウエイトレスが手を離したので、ポットは重力の法則に従って落下、砕け散った。

中のコーヒーもパッとはね上って、たっぷりと浅井の足にかかってしまった。

「あちっ！　あちち……」

浅井は飛び上って、その拍子に足を滑らせ、引っくり返ってしまったのだ。

「――捕まえろ！」

と、フロントの男が怒鳴って、ラウンジへと駆けて来た。

すると――毛皮のコートの女が、浅井の落としたナイフを拾い上げ、いきなり宮島たちのテーブルへ駆け寄ると、

「近付くと、この人たちを刺すわよ！」

と叫んだのである。

「紀子……」

浅井がやっと立ち上った。コーヒーですっかり服が濡《ぬ》れてしまっている。

「逃げて！」

と、紀子という女が叫んだ。「殺したのは私よ！　あなたは関係ない！　早く逃げて！」

「紀子――」

田ノ倉は、女の手からナイフを叩き落とそうと思えば容易だった。しかし、宮島の方を見ると、興味津々《しんしん》という目で、成り行きを眺めている。

「君たち」

と、宮島が声をかけた。「どうせなら、二人一緒に逃げなさい」

「え？」

紀子がびっくりして、「今、何て言ったの？」

「この、私の秘書を人質として、貸してあげる。持って行きなさい」

田ノ倉がびっくりして、

「先生！」

「いいから、この二人について行け」

と、宮島が小声で言った。「業務命令だ」

「でも――」

「私の言うことが聞けんのか？」

と、宮島が眉《まゆ》をひそめる。「大丈夫だ。刺されることはない」

やれやれ……。

田ノ倉は、雇い主の「いつもの遊び」が始まったのだと分った。

しかし、そのときには、もう浅井の方はフロントの男に取り押えられてしまっていた。

「元治さん！」

と、紀子が叫んだ。

「逃げろ！」

と、浅井が声を上げる。「早く逃げろ！」

田ノ倉はため息をついて立ち上ると、

「じゃ、行きますか」

と、女へ言った。

こんな「人質」は前代未聞だろう。

「あの……」

「ナイフをしっかり持って！　そんな格好じゃ、おどしてるように見えない」

「すみません」

と、紀子は謝った。

「——待ちなさい」

宮島は立ち上って、フロントの男や、ウェイトレスへ言った。「この秘書は私にとって、かけがえのない、大切な男だ。少しでも傷つけたくない。——彼女の言う通りにして、逃がしてやってくれ」

「そうはいかないんだ！」

と、フロントの男も頭に血が上っている。「お客を殺した犯人を逃してたまるか！」

「黙れ！」

と、宮島が一喝すると、フロントの男は飛び上った。

宮島は鋭い目でにらむと、

「私もこのホテルの客だ。客に向って、その言い方は何だ！」

「申しわけありません！」

とたんに、「ホテルマン」に戻ってしまう。

田ノ倉は、

「行きますよ」

と、紀子に囁いて、ラウンジの奥へと急いで駆けて行った。

「——やれやれ」

宮島は、力が抜けてしまったように床に座り込んでいる浅井の方へ歩み寄ると、「その飯沢という男を殺したのは、確かに彼女なのかね?」

浅井はゆっくり顔を上げ、初めて今の状況を理解した、という様子。

「——違います」

と、別人のようにしっかりした口調になって、「飯沢は、紀子のパトロンだったんですよ。あの毛皮のコートも、飯沢が買ってくれたものです。彼女が飯沢を殺すわけがないじゃありませんか」

「すると——」

「もちろん」

と、浅井は胸を張りさえして、「飯沢を殺したのは僕です」

3

おずおずと紀子の顔が覗《のぞ》いた。

「大丈夫ですよ」

と、田ノ倉が肯いて見せる。

紀子はホッとした様子で、駅の女子トイレから出て来た。

地味なグレーのコート。その下には、薄いグリーンのスーツ。

髪も後ろで束ねて、全く別人のようだ。

「すみません、色々と」

と、紀子は言った。

「いや、これも仕事の内です」

田ノ倉の言葉に、紀子は初めて笑顔を見せた。

「変った方ね、田ノ倉さんって」

「変ってるのは、宮島の方です。間違えないで下さい」

と訂正して、「ともかく、あなたについて行けと言われたんです。どこへ行きたいですか？」

紀子は、迷う様子もなく、

「N市」

と答えた。「生れ故郷です。私の。それに元治さんの」

「あの浅井という人ですね」

「はい。幼なじみで、私たち……」

と言いかけ、「列車で七、八時間かかります。ゆっくりお話しする時間があると思いますわ」

「いいでしょう。――どう行くんです？」

と、田ノ倉は訊いた。

「何度も乗り換えるんです。ややこしいから、自分で説明しますわ」

と、窓口の方へ行きかけて、「忘れてたわ！」

あわてて女子トイレの中へ戻った紀子は、あの豪華な毛皮のコートを手にして出て来た。

「これ、どうしましょう？」

「お好きなように」

紀子は少し考えていたが、近くの壁によりかかって眠っていたホームレスの女を見ると、その毛皮をかけてやった。

「――寒そうですものね」

と肯いて、「申し遅れました。私、矢口《やぐち》紀子といいます」

田ノ倉も不意をつかれて、

「こちらこそ――。田ノ倉良介で……」

と、思わず口ごもってしまったのだった。

「鈍行《どんこう》」という呼び名は差別語かもしれないが、しかしこの列車には正にぴったりだな、と田ノ倉は思った。

ガタン、ゴトン、というくり返しの間が、ポカッと空《あ》いたりするほどののろさ。

急がないのか、急げないのか。――山間《やまあい》を曲りくねって進んで行く線路についていくのが精一杯、という様子である。

――矢口紀子は、リクライニングなんて洒落《しやれ》たもののない固い座席なのに、ぐっすりと眠り込んでいる。

ゆっくり話す時間がある、と言っていたが、乗り換える以外、列車に乗っている間、紀子はほとんど眠っていた。おかげで、田ノ倉が紀子について知っているのは、彼女が二十七歳で、N市の生れ、ということだけ。

いや、もう一つ、彼女は付け加えて、

「私は西岸の生れなんです」

と、言った。「でも、元治さんは東岸の生れで」

その言葉の意味も、田ノ倉は知らなかった。

——まあいい。

いずれ分るだろう。

田ノ倉はゆっくりと動いて行く窓外の風景に目をやった。一向に眠れない身には、長い旅だった……。


電話が鳴って、のぞみはまるで感電でもしたかのように飛び上った。

あわてて駆けて行く。——何なのよ！　こんな時間に電話してくるなんて！

広い屋敷である。のぞみが受話器をつかむまでに、電話は五、六回もけたたましく鳴った。

「——はい、沢田《さわだ》でございます」

息が乱れる。

「のぞみ？」

母の声に、のぞみはそのまま畳へ座り込み、

「お母さん……。何度言ったら分るのよ。あの人は午後、この時間に必ず昼寝するの。

午後六時までは絶対にかけないでって言ってあるでしょう！」

苛立《いらだ》ちをぶつけてしまう自分が、いやでたまらなかった。――ごめん。ごめんね、お母さん。

「分ってるわよ。でもね……。大変なことになって……」

母、浅井稲子《いねこ》の声は上ずっていた。

「――どうしたの？」

母のそんな声を聞くのは、父が突然倒れて死んだとき以来だ。

「元治のことで――今、警察から電話が……」

のぞみも青ざめた。

「お兄さんが……どうしたの？　東京にいるんでしょ？　ホテルで働くって――」

「ええ、そう。そうなのよ。それが……」

「お母さん、泣かないでよ！　何があったの？　言って！」

「あのね……警察の人の話じゃ……元治が、働いてるホテルで、お客を……殺したって……」

「殺した……」

啞然《あぜん》とした。そして、つい笑ってしまった。

「そんなの、間違いよ！　お兄さんにそんなことできるわけが——」

「飯沢さんがね、泊ったんだよ。よりによって、そのホテルに」

「飯沢さんが？」

「しかも、紀子さんと……。それでカッとなったんだろうね。元治は飯沢さんを……」

「——殺したの。飯沢さんを」

「そうなのよ……」

「で、お兄さんは？」

「今、東京の警察に……。どこだかよく知らないけど」

稲子は涙声になって、「どうしようかね……。あの子がそんなことを……」

「泣かないで。ね。——私、ここの警察署へ行って詳しいことを訊《き》いてくるわ」

「そうだね……。でも、きっと町中に話が広まって……」

のぞみも、母の不安を初めて察した。

「落ちついて！　ね。家でじっとしてるのよ。分った？」

のぞみはくり返し念を押してから、そっと受話器を戻した。

「——お兄さん」

嘘《うそ》だ。何かの間違いだ。

のぞみはパッと立ち上ると——凍りついたように立ちすくんだ。不機嫌な——というより、表情らしいものを全く見せない、夫、沢田六郎《ろくろう》がガウン姿で立っている。

「起してしまったんですね……。ごめんなさい」

と、のぞみは言った。

二十六歳ののぞみより三十近くも年上の沢田は、白髪がほとんどである。

「何ごとだ」

と、無表情な声。

「あの——母から……。兄が——兄が東京で事故にあったらしいと……」

とっさのことだ。のぞみはそう出まかせを言った。「警察へ行って来ます。よく事情を聞いて……」

「そうか……」

沢田は別に心配する様子もなく、「食事の仕度はちゃんとしろよ」

「はい。必ず」

のぞみはそう言って、「じゃ、行って来ます」

と、玄関へ駆け出して行った。

古びた門構えから、女が一人走り出て来て、雨上りの濡れた通りを急ぐ。

「――のぞみさんだわ」

と、矢口紀子は言った。「――元治さんの妹さんです」

声をかけるには距離があった。

田ノ倉と紀子は、小高い丘の上に立って、N市を見下ろしていた。――元治の妹というその女が何かに追い立てられるように必死で走って行くのを、二人はずっと高い見晴台の上から見ていたのである。

「きっと、事件のことを聞いたんだわ」

と、紀子は言った。「――どう言っていいか分りません、私。のぞみさんに」

「まあ、今は焦《あせ》っても仕方ないですよ」

と、田ノ倉は言って、改めて、眼下に広がる町を見渡した。

それは一つの町であって、同時に二つの町でもあるようだった。

ちょうど町の中央を、丘の下辺りからずっと奥へと川が流れ、町をほぼ半分に割るような格好になっている。

「――左手が西岸です。右手が東岸」

と、紀子は言った。「ご覧になれば、お分りでしょう?」

確かに、西岸の一帯は真新しいビルやマンションらしい建物が並び、幅広い道路がきちんと整備されている。夕方になって、ショッピング街らしい辺りは明るい照明が一杯にひしめき始め、いささか垢抜《あかぬ》けてはいないが、にぎやかにネオンサインも点滅し始めている。

しかし——一方の東岸はというと、ほとんど全体が黒ずんだ闇《やみ》の中へ沈んでいくようで、小さな住宅、古びたアパートらしい建物が入り組んだ道の両側を埋めていた。およそ高い建物というものがない。

「——これはまた極端だな。どうしてこんなことになったんです?」

「片倉金ノ介《かたくらきんのすけ》という人が、もともとこの地方の大地主でした」

と、紀子は言った。「金ノ介に二人の息子がいて、ともかく仲が悪かったそうです」

二人の見守る町は、少しずつ暮れていく。

「——金ノ介は亡《な》くなるとき、町の西岸を長男の久之《ひさゆき》に、東岸を次男の典哉《のりや》に任せました。初めは西も東も大して違いのない田舎町だったんです。でも……」

と、ひと息ついて、「国道が町の西側を通ることになって、西岸は急に土地も値上りし、どんどん開発されて行きました。もちろん、久之は、弟の東岸の方へはそのおこぼれさえ行かないようにしていたんです」

「橋が――」

「ええ。ご覧の通り、西と東をつなぐ橋が、一つしかないんです。これだけの市になったんですから、三つや四つあってもおかしくないのに」

紀子は首を振って、「むろん、弟の典哉の方も何とか東岸をにぎやかな町にしようと、あれこれ工夫しました。でも――焦れば焦るほど裏目に出て、とうとう、典哉自身も、家と土地を金融業者に取り上げられてしまいました。しかも、それを裏で操っていたのは兄の久之だったんです」

「兄弟で？」

「典哉は久之から小さな家をあてがわれて、そこに住まわされました。もちろん屈辱だったでしょう。酒に溺《おぼ》れて、五十にもならずに死んでしまったんです」

「しかし、結局町はその久之のものになったんでしょう？」

「ええ。今、片倉久之は市長で、同時に町の主なショッピングセンターやホテルなど、ほとんどを持っています。でも――東岸はいつまでも貧しいままです。道路整備も、信号の数さえ、十分の一という有様です」

「そんなに弟のことが憎かったんでしょうかね」

「というより、いつも『東』を見下していることが快感なんです。住んでいる人たちも、『西』と『東』で、まるで敵同士のように嫌い合っています」

――夜が、山間のN市を包んでくる。

家の灯《とも》が灯り始めると、西岸の華やかさと東岸のもの寂しい様子の対比はいっそう際立って来た。

「ある人が言いましたわ」

と、紀子が言った。「真中の川を挟んで、本を開いたようだ、って。左がきれいなさし絵で、右が文字ばっかりのページみたい、と」

「なるほど。開いた本ですか」

と、田ノ倉は眺めて、「しかし、本の中身は活字ですがね」

紀子はコートの前を合せた。風が冷たい。

「――さあ、これからどうします?」

と、田ノ倉は言った。

「もう、どうでも……。私、この町をもう一度見ておきたかったんです」

と、紀子は言った。

二人は一つ手前の駅で降りて、タクシーで山を越えて来たのだった。当然、この町では紀子のことを誰でも知っているだろうから。

「――私のわがままを聞いて下さって、ありがとう」

と、紀子は田ノ倉の方を向いて頭を下げた。

「いや……」

と、田ノ倉は少し照れて、「これは仕事の内で――」

と言いかけたが……。

二人は、同時に気付いた。――見晴台に立つ、一本の街灯の薄明りの中に、女が立っていたのだ。

「――のぞみさん！」

と、紀子が言った。

さっき、この下の道を駆けて行った女だ。

「紀子さん……。どういうことなの？」

のぞみは、じっと感情を抑えている様子で言った。「お兄さんがあんなことに……。

あなたさえいなかったら！」

「のぞみさん……。ごめんなさい」

紀子は目を伏せた。「でも、私は元治さんのことが好きだったのよ」

「何言ってるの！」

と、叩《たた》きつけるように、「高い毛皮のコートまで買ってもらって、飯沢について行ったくせに！」

「それは……」

「お兄さんは、せっかくあなたのことを忘れて、一からやり直そうと東京へ出て行ったのに……。それなのに、人殺しまでするなんて！」

のぞみの声が震えた。

「何ですって？」

紀子が息を呑む。「元治さんが殺したって――」

「私、許さないわよ！」

と、のぞみは叫ぶように言った。『東』が何よ！『西』が何よ！お兄さんの人生をめちゃくちゃにした仕返しは、きっとしてやるから！」

「のぞみさん！」

駆け出して行くのぞみを止めるすべはなかった。

「――元治さん、自分がやったと言ってるんだわ、きっと」

と、紀子は言った。「どうしよう！」

そのとき、夜の静けさを縫って、何か大勢の人間の叫び声のようなものが、町の方から聞こえて来た。

「――何だろう？」

田ノ倉は眉を寄せて、「あなたはここにいて。いいですね」

「でも――」

「町の人に顔を見られる。ここも危いかもしれないが……」

「のぞみさんなら大丈夫です。あの人のことはよく分ってます」

「では、どこか暗がりに隠れてて下さい。いいですね！」

田ノ倉はそう言うと、見晴台から町へと下りる石段の方へ小走りに向ったのだった。

4

のぞみは、屋敷の玄関前で立ちすくんでいた。

――中へ入ることができずにいた。

自分の家だ。ここへ嫁いで来たからには、自分の家なのだ。

いくらそう言い聞かせてもむだだった。

ここは『西』で、自分は『東』の生れだ。『東』を捨てて、ここへやって来た。貧しい暮しと、何の明るさも見えない将来にいやけがさして、三十も年上の沢田に、愛情のかけらもないのに、嫁いで来たのだ。

しかし——一年たって、のぞみは決して自分が『西』の人間にはなれないことに気付いていた。

沢田は、のぞみを愛してなどいなかった。——こうして帰って来ても、自分の家の玄関へも入れない妻。

自分が惨《みじ》めだった。

そのとき、何か騒ぎが耳に入った。——何だろう？

振り向いて、耳を澄ましても、それは漠然とした騒音で、何が起ったのかは全く分らなかった。

突然、玄関の戸がガラッと開いて、のぞみは飛び上りそうになった。

「——あなた。遅くなって、すみません」

反射的に謝ってしまう。何も悪いことなんかしていないのに。

「一緒に来い」

沢田は、外出の仕度をしていた。

「どこかへお出かけですか」

「一緒に来いと言ってるんだ」

「はい」

のぞみは、逆らえばすぐに殴られることを知っていた。

沢田は、市長の片倉とも親しい、この町の古い商人である。片倉の力で、今は『西』に大きなスーパーを出し、自分は仕事に出て行くこともなく、のんびりとしている。

しかし、金に細かい性格は変らず、のぞみが沢田の妻になるとき夢見ていた、ぜいたくな暮しなど、水の泡のように消えていた。

「――聞いたぞ」

と、沢田は大股《おおまた》に歩きながら言った。

「すみません」

「俺に嘘をついたな」

「言いにくくて……。すみません」

のぞみは、ついて歩くのに必死だった。

「そのことは帰ってからゆっくり話す」

と、沢田は言った。「お前は俺の女房だ。そうだな」

近付いてくる。——人の叫ぶ声、怒鳴り声。

あれは何だろう?

「答えろ!」

「はい!——私はあなたの妻です」

「つまり、お前は『西』の人間だ。そうだな?」

「——はい」

橋へ向っている。『東』へ通じる、たった一つの橋。

「よし。忘れるなよ」

と、沢田は言った。

橋が見えて来た。——人が大勢集まっている。

『西』の、若者たちだ。

「おい、来たぞ!」

と、一人が叫んだ。

「人殺しの妹だ!」

「兄貴が『西』の人間を殺したんだ!」

のぞみは怯《おび》えて足を止めた。

「大丈夫だ」

と、沢田は振り向いて言った。「ついて来い」

のぞみは、夫の背中に隠れるようにして、進んで行った。

若者たちは、片倉市長の「応援団」を自称して、『東』の若者をいじめたり、女の子を追い回して面白がっていた。

「——沢田さん」

と、若者たちのリーダーが進み出ると、

「その女を渡して下さい」

沢田は、いつもと変らず、無表情に、

「どうしてだね、山根《やまね》君」

山根は、のぞみより二つ年下の二十四歳。本当なら、もう働いている年齢だが、「応援団」の方が性に合うのか、いつも揃《そろ》いのジャンパー姿で町を歩き回っていた。

「飯沢さんが殺されたんですよ」

と、山根は言った。

「知ってる」

「飯沢さんは、このN市の有力者です。『西』の旧家の出身だ。その人が『東』の奴《やつ》に殺されたんだ。赦《ゆる》しちゃおけません」

「飯沢さんのことなら、私の方が君たちよりよく知ってる。教えてもらう必要はない」

と、沢田が冷ややかに言うと、さすがに山根の方も少し控え目になって、

「失礼しました」

と、詫《わ》びた。「でも——僕らも黙っちゃいられません。犯人は東京の警察にいる。代りに、妹に制裁を加えてやりたいんです。渡して下さい」

のぞみは、夫の上着にすがりつくようにつかまった。——引き渡すために連れて来られたのだろうか？

逃げ出す力もない。どうせ逃げても、すぐに追いつかれる。

すると、沢田がきっぱりと言った。

「断る」

「——沢田さん」

「この女は確かに浅井元治の妹だ。しかし、今は私の妻だ。分るか」

「それは分ってますが……」

「私の妻になったとき、こののぞみは『西』の人間になったんだ。手出しをすることは許さん！」

のぞみは、思いがけない沢田の言葉に、却《かえ》って不安になった。

「見ろ。——怯えて震えている」

沢田はのぞみを腕の中に抱いて、「心配するな。お前をそんな目にあわせやしない」

「はい……」

と、かぼそい声でのぞみは言った。

「妻は、自分が『西』の人間だということを、よく知っている。そうだな？」

「——はい」

「よし。君らの気持もよく分る。一緒に来なさい」

沢田は、腕でしっかりとのぞみの肩をつかんだまま、橋を渡って、『東』へと入って行った。

もちろん、事件のことは『東』でも知れ渡っているはずだ。通りには人っ子一人いない。そして、家々もカーテンを閉め、じっと息をひそめている様子だった。

「どこへ……」

「黙っていろ」

聞かなくても、のぞみには分っていた。自分の家へ向っていることぐらい、分らないはずはない。

山根を始め、「応援団」の数十人は、ゾロゾロとついて来ている。

「——ここはどこだ？」

と、沢田が足を止めて訊いた。

のぞみは、ふくれ上る不安に膝《ひざ》が震えた。

「私の……実家です」

「そうだ。しかし、今お前の家は『西』にある。そうだな？」

「はい……」

「『西』の連中は、このままじゃ気持がおさまらん。お前が、自分の手で罪を償ってみせるんだ」

「私が……何をするんですか」

沢田が腕をとくと、のぞみはヨロヨロと数歩退《さ》がった。

沢田がポケットからライターを取り出すと、放り投げた。反射的にそれをつかむ。

「それで、殺人犯の家に火をつけろ」

沢田の言葉に、のぞみは血の気がひいた。

「できません！　そんなこと——」

「お前は『西』の人間だぞ」

「でも……ここには母がいるんです」

「心配するな」

と、沢田は笑って、「いくら何でも、人のいる家に火をつけさせると思うか？　お前の母親は今、警察だ」

「でも……火をつけるなんて……。大火事になったら……」

「お前の家は周囲から離れている。大丈夫だ」

確かに、両隣は引越して町を去り、今は空地だ。しかし……。

「早くしろ」

と、沢田が促した。「お前が『西』の人間だというところを見せるんだ」

のぞみは震える手でライターを握りしめると、よろけながら、我が家へ近付いた。

――生れ育った「我が家」。

木造の古い家である。火がつけばアッという間に燃え尽きるだろう。

カチッと音がして、ライターの炎が揺れた。

のぞみは、玄関のわきの割れた板塀に火を近付けたが――。

「できません」

手からライターが落ちた。

「貸せ！」

山根が大股にやってくると、そのライターを拾った。

「——何するの！　やめて！　やめて！」

止めようとしたのぞみは突き倒された。

「見ろ。——簡単なもんだ」

板塀がメラメラと燃え上る。そして火は軒先から家の中へと入って行った。

「ひどいことを……」

のぞみはふらふらと立ち上って、「母は——どこに住めばいいんですか」

と言った。

早くも火に包まれていく家を見ながら、

「その心配は必要ない」

と、沢田は笑った。「お前の母親は、この中にいる」

「——何ですって？」

声がかすれる。

「自分で望んだんだ。息子のやったことに、死んでお詫びすると」

「お母さんが……。お母さん！」

のぞみは大声で叫びながら、燃え上る家へと駆けて行った。

玄関の戸が倒れて来た。渦《うず》巻く煙の中から、男が母・稲子をおぶって現われたのである。

「お母さん！」

と、のぞみはすがりついた。

「大丈夫だ」

紀子と一緒にいた男だった。「しかし、煙を吸ってる。救急車を呼んで」

「はい！」

のぞみは、近くの家へと駆けて行った。

「――あんたは誰だ？」

と、沢田が言った。

「田ノ倉と申します。矢口紀子さんの知り合いで」

「紀子の？」

「しかし――ひどいことをしますね」

田ノ倉は、気を失った稲子をおぶったまま、燃え盛る家を振り向いた。「放火、殺人未遂。――終身刑だな、君たちは」

山根がフンと笑って、

「何言ってるんだ。俺たちは市長の『応援団』なんだぜ」

と言った。「警察も俺たちにゃ手が出せないんだ」

「そうかな。しかし、パトカーがやって来たようだよ」

橋を渡って、パトカーと消防車が何台もやって来た。サイレンが夜の町に響く。

「——今、救急車が来ます」

のぞみが戻って来た。「それまで、お向いの家で……」

「分った。運ぼう」

田ノ倉が、向いの家へ稲子を運んで、寝かせてから外へ出ると、消防車が、もう燃え尽きそうな家に放水を始めていた。

パトカーから降りて来たのは、ダブルのスーツに銀ぶちのメガネをかけた男で、

「市長」

と、沢田が会釈《えしやく》した。

「やあ、あんたが居合せてくれて良かった」

片倉市長は、焼け落ちていく家を眺めて、「あんたの奥さんの実家だね」

「そうです。幸い、そこの人が——」

と、沢田は田ノ倉の方を見て、「中にいた母親を助け出してくれました」

「それは何よりだ」

片倉は肯《うなず》いて、「火をつけたのは？」

山根がニヤニヤしながら、

「俺たちですよ」

と近寄って来た。『東』の連中に思い知らせてやらないとね」

「君たちがやったのか」

「ええ！」

「そうか」

片倉は肯いて、「署長」

と、市の警察署長を呼んだ。

「はあ」

「今の話を聞いたかね」

「聞いていました」

「この放火犯たちを逮捕したまえ」

「かしこまりました」

署長が合図すると、一斉に警官が二十人近くも現われ、アッという間に、山根とその仲間たちを取り囲んだ。

「——市長さん」

山根は引きつったような笑いを浮かべて、「冗談はやめてくれよ」

「冗談なものか」

と、片倉は言った。「君らの無法ぶりは目に余る。これは現行犯で、しかも君自身が、犯行を認めた。全員共犯ということになるぞ」

「何だって？」

唖然《あぜん》としている内に、山根たちは次々に手錠をかけられてしまった。

「おい、市長さん！——ひどいぜ！」

「連れて行け」

片倉は顎《あご》でしゃくって言った。

「——だから言っただろ」

と、田ノ倉は呟《つぶや》いた。

「どういうことなの？」

のぞみが、表に出て来ていた。

「市長にとって、あの若者たちはもう必要なかったのさ。厄介払いできたわけだ」

田ノ倉はそう言ってから、「――あれ？」

と、目を丸くした。

車が一台やってくると、ドアが開いて、宮島が降り立ったのだ。

「おいでになったんですか」

田ノ倉が連絡を取っていたのだが、来るとは聞いていなかった。

「ああ。――この町に興味があってな」

と、宮島は言った。「どうなってる？」

田ノ倉が今の状況を説明していると、

「おい……。紀子じゃないか」

と、誰かが言った。

「紀子さん……」

のぞみは、紀子が橋を渡って来るのを見ていた。

「紀子、戻って来ていたのか」

と、片倉が言って、出迎えるように両手を広げた。

紀子は冷ややかにその手を避けて、

「——私は何もしませんでした」

と言った。「飯沢を殺す以外のことは」

「何を言ってるんだ?」

「私は売られたんです。一億円で」

紀子は、周囲を見回すと、「『東』の皆さんも聞いて!」

と、大きな声を上げた。

「この市は今、財政が悪化して、破産状態なんです! 開発を進めすぎて、市の財政は破綻《はたん》してしまったんです!」

「紀子——」

「私は、一億円出すと市長から言われて、飯沢のものになりに東京へ行きました。交換に、飯沢が銀行の資金援助をとりつけてくれるという約束で。——『西』の華やかさは見せかけだけのものなんです! 騙《だま》されないで! どんな立派なビルも、ただの『いれもの』です!」

周囲の家々の窓が開き、戸が開いて、人々が姿を見せていた。

道にも、何人もがいつの間にか立っている。

「私は——『東』の浅井元治さんを愛してた。でも、『西』から出る決心がつかない臆《おく》病《びょう》な私は、結局彼と別れてしまったんです。でも、失ってから、彼がどんなにかけがえのない人か、分りました。飯沢は、わざと彼の働くホテルへ私を連れて行って、抱いたんです。卑劣な人です」

紀子は、片倉を見て、「飯沢を殺したのは私です。――あの人が持っていたスーツケースに、当座の資金が何億円か、ジュラルミンのケースに入れて、入っています」

「分った」

と、片倉は言った。「確かに、市の財政は危機にあったが、君のおかげで再建できることになった。――これからは、『東』の整備にも力を入れよう」

「飯沢が死んだのに？」

「代りに、力になって下さろうという方が現われたのだよ」

片倉は、宮島の方へ笑顔を向けた。

「よろしく」

宮島は、片倉と握手をして、「この町が再生するために、力になりましょう」

「ありがたいお言葉です」

と、片倉は満面に笑みを浮かべた。

「その前に、一つ、お願いしたい」

「何でしょう？」

「この紀子さんに一億円を支払ったんですな？」

「彼女の父親が、投機に失敗して困っていましたのでね」

「では、私がその一億円をお返ししよう。紀子さんを、『任務』から解放してあげて下さい」

宮島が田ノ倉の方へ肯いて見せる。

田ノ倉は、宮島の車から、スーツケースを運んで来て、地面に置くと、ふたを開けた。

――一億円の札束が詰まっている。

「これは……しかし……」

と、片倉が戸惑いの表情を見せると、

「紀子さんが何もしなかったことにはできないでしょう。しかし、金が自分を縛っているという気持からは解放されるでしょうからね」

「――分りました。私にはどうもピンと来ませんが、ともかくいただいておきましょう」

片倉はそう言って、部下を呼んだ。

沢田が、のぞみの方へ、

「おい、帰るぞ」

と声をかけた。

「私は帰りません」

「何だと？」

「ここが私の家です。もう、あなたの所へは戻りません」

「おい……」

と、近付くのを田ノ倉が遮った。

「やめた方がいいですよ。僕は、放火を促したのが誰か知ってる。あんたも共犯で一生刑務所へ入りますか」

田ノ倉の言葉に、沢田は顔を真赤にしたが、やがて黙って、市長と共に立ち去った。

「――救急車だわ」

と、のぞみがサイレンを聞いて、「遅いんだから！」

「お母さんについていてあげなさい」

「はい！」

のぞみが、救急車に向って走って行く。

――もう、火は消えかけていた。

紀子はぼんやりと立っていたが、

「――私のこと、どうして気にかけて下さるんですか」

と、宮島へ言った。

「こうして長く二つに分れて生きて来た人たちの間には、なかなか消せない溝が残るものだ」

と、宮島が言った。「それを埋めることができるのは、浅井君とあなただ。川を越えて恋に落ちた二人が、この町のために役に立つ」

「そんな……。私は、殺人罪で刑務所です」

「一流の弁護士を動員して、あなたの力になりますよ」

と、宮島は言って、紀子の肩に手をかける。「だから、決して死のうとしてはいけない」

紀子が頰を染めて、

「どうしてそれを……」

「年齢《とし》をとると、人間、少しは賢くなるものでね」

宮島は微笑《ほほえ》んで言った。

田ノ倉は、いささか不満である。

「きっと、彼女は死ぬつもりです」

と、電話で報告したのは田ノ倉なのだから。

しかし、まあ――雇い主とは、そういうものかもしれない、と田ノ倉は思った……。


「――浅井君が、くれぐれもよろしくとのことでした」

と、田ノ倉は言った。

「そうか」

宮島は、ソファでココアを飲みながら肯いた。「二年の刑なら、上出来だ」

「ええ。浅井君が待っているんですから、彼女もしっかりと立ち直るでしょう」

田ノ倉は、書類のファイルを閉じた。「しかし、どうするんです、N市のことは？」

「心配するな。あの市長を助ける気などない」

「そりゃ分ってますが……」

「しかし、大切なのは住民だ。できるだけ住民が市長の失敗の結果をかぶらずにすむようにして、立て直したい」

「容易じゃありませんよ」

「そういうプロを知っている。N市へ送り込んで、見通しが立ったところで、あの市長の脱税や違法な献金などの問題を一気にマスコミで暴《あば》く。ちゃんと考えてあるんだ」

と、宮島は言った。「ところで、あののぞみとかいう娘は？」

「ええ、先日沢田と離婚しました。今は母親の看病をして過していますよ」

「そうか。――私はな、浅井と紀子の二人が『ロミオとジュリエット』にならないかと心配していたんだ」

「二人が心中――ということですか」

「うむ。うまく二人ともやり直すことになって、シェークスピアのようにはいかんが、現実に生きている人間が幸せになるのは、悪いことじゃない」

「今日はいやに素直ですね」

と、田ノ倉は言ってやった。

電話が鳴って、田ノ倉が出ると、

「――ああ、浅井君。――伝えたよ。――え？」

田ノ倉が、目を丸くした。「しかしね、それは――。そうか。――分った。一応伝えとくよ」

電話を切った田ノ倉へ、

「どうした？」

と、宮島は言った。「何か問題でもあったのか」

「いえ……」

田ノ倉は少し考えてから、「浅井君の所へ、N市の市民の代表が十人やって来たそうです」

「何ごとだ？」

「ぜひ、宮島さんに次の市長になっていただきたい、と。――どうします？」

宮島もさすがに目をむいて、

「とんでもない！　忙しいんだ、と言え！」

「そうですね。先生は市長には向かないと私も思います」

と、田ノ倉は肯いた。

「どういう意味だ？」

「いえ、なに……。先生は嘘《うそ》のつけない方ですから」

青春の決算

1

「お父さん！」

病院の玄関前で、苛々《いらいら》しながら父を待っていた絹江《きぬえ》は、タクシーから降りてくる父を見て、思わず駆け寄っていた。

「絹江。――母さんは？」

安部紀之《あべのりゆき》は、支払いをすませると、手にしたバッグを持ち直した。

「待ってて、って言ってあるけど……。遅いよ！」

「すまん。仕事がどうしても、きりがつかなくてな。新幹線一本、乗り遅れた」

コートを腕にかけて、「ともかく急ごう」

「もう、本当に……。気が気じゃなかった」

「分ってる」

安部は、娘の肩を叩《たた》いた。「話は後だ」

病院へ入ると、ほとんど走るように、二人は急いだ。

「――人が集まってる」

廊下を急ぐ、その先に、七、八人の人が固まっている。医師や看護師も一緒にいた。

「もしかして……」

絹江は駆け出していた。「すみません！――ちょっと」

と、足を止めていた患者を押しのけた。

「お母さん！」

廊下に、スーツ姿で倒れていたのは、母、安部靖代《やすよ》だったのである。

「君、この人の？」

と、白衣の医師が振り向いて、訊《き》く。

「娘です」

「そうか。――急に気を失ったんだ」

「あの……これの夫です」

と、安部が緊張に顔を引きつらせて、「妻はどうしたんでしょう？」

そこへ、

「安部さん」

と、大股《おおまた》にやって来たのは、大柄な中年の医師。

絹江も知っていた。母、靖代を診ている、久保《くぼ》医師である。

「先生、家内が——」

「失神したんだ。——大丈夫。すぐ寝かせて」

と、看護師へ指示すると、「安部さん、今日は来られないんじゃなかったんですか？」

「は……」

「いや、奥さんがそうおっしゃったんですよ。『主人から連絡があって、どうしても仕事で大阪を離れられないそうです』と」

安部は唖然《あぜん》として、

「靖代がそう言ったんですか」

絹江は思い当った。

「お母さん、自分で聞きたかったんだよ」

「絹江……」

「お母さん、何も言わなかったもの。私と話してても、病気のこと、話題にしなかった。それだけ気にしてたんだよ」

「そうか」

久保医師がため息をついて、「不注意だったな。それじゃ仕方ない、と思って、奥さんに話してしまった。『主人から大体のことは聞いています』とおっしゃったんでね」

「それでお母さん……」

「いや、しっかりして見えたがね。――実際はショックだったんだね」

と、久保医師は辛《つら》そうに言った。


絹江は、母が寝かされている部屋のドアをそっと開けた。

中は薄暗く、ひんやりとしている。――使っていない診察室で、母、靖代は固いベッドに横になって、小さな枕《まくら》に頭をのせていた。

まだ意識は戻らないが、脈拍もしっかりしていて、心配はないと言われている。父、安部紀之は久保医師と改めて話をしていた。

「お母さん」

と、小声で呼ぶと、靖代はちょっと瞼《まぶた》を震わせたが、それだけだった。

絹江はキャスターのついた丸椅子《まるいす》を引いて来て、腰をおろした。

絹江は十七歳の高校二年生である。今日も学校はあったのだが、休んだ。大阪へ単身赴任している父と、この病院で待ち合せることにしていたのである。

母の病気が重くて、もう手遅れだということは、絹江も父から聞いて知っていた。

ガンの進行は早かったが、母自身はそう辛いわけでもなかったので、見たところ、「あと一年もたない」とはとても信じられなかった。

実際、診察を受けた初めのころは、母も「大した病気じゃない」と信じていたらしい。しかし、いくつもの検査がくり返される内に、段々不安になって、病状を察するようになっていた。

告知するかどうか、久保医師と父は何度も話し合って、当面は「手術せずに治るかどうか、治療してみる」ために入院する、ということにしようと決めた。

その話を、今日はするつもりだったのである。ただ、入院は早い方がいい。今日、母を交えて、いつ入院するか、決めるはずだった。

しかし、母は気付いていたのだ。——絹江が、到着の遅れた父を病院の玄関で待っている間に、久保医師から本当のことを聞いてしまった……。

絹江は、今もふっくらと、少女のようにすべすべの頬《ほお》をした、母の顔をまじまじとみつめている内、涙がこぼれて来た。

まだ四十六歳なのに……。お母さん。私が二十歳にもならない内に死んでしまうなんて──ひどいよ。

頑張って！　一年なんて、お医者さんがそう言ってるだけ。そうだわ。一年って言われて、五年、十年生きてる人だっているんだ。

「──絹江」

父がドアを開けた。

「お父さん……。すんだの？」

「うん。──母さん、どうだ？」

「まだ……」

安部は、妻のそばへ寄ると、そっとその額に手を当てた。

「今日はどうするの？」

「様子を見て、目を覚ましたら、家へ帰るさ。入院の準備もしていない」

「明日、土曜日だよ」

「分ってる。この週末は家にいるよ」

「そう」

絹江は少しホッとした。

安部は四十七歳の中間管理職で、一番忙しく働かされる年代である。特にこの不景気の中、単身赴任した大阪では、寝る間もないほど忙しいらしかった。

靖代のことは気にしながら、週末も仕事で帰れなかったり、土曜日の夜遅く帰って来て、日曜日のお昼にはもう大阪へ戻ったりするのも珍しくなかった。

絹江にしてみれば、こんな状態の母と二人で家に残されたらどうしよう、と気が気でなかったのだ。

「――お父さん」

「うん？」

「お母さんと……旅行でもしたら？」

「旅行？」

「今はこんなに元気だけど――入院しちゃったら、もう……そんなこともできなくなるでしょ。二人で、どこか温泉にでも行くとか」

安部は、娘の肩を叩いて、

「気をつかわせて、悪いな。まあ……母さんとも話してみるさ。しかし、何日も休むなんてことは……」

と、言葉を呑《の》み込んだ。

絹江も責めなかった。父の忙しさは分っているし、会社という所が、「妻の病気」なんてものに一向に関心を持っていないことも承知していた。

でも——これからの長い日々、母とどうやって付合っていけばいいのか、絹江はそれを考えると、辛くなった。

「目を開けた」

と、安部が言った。

靖代は、戸惑ったように診察室の中を見回していた。

「良かった！　どう、気分？」

と、絹江が訊くと、靖代は何だか珍しいものでも見るように娘を眺めて、

「——大丈夫よ」

と、小さく肯《うなず》いた。

「立てるか？——うん、ゆっくりでいいぞ」

安部が靖代の背中に手を当てて支えるようにして起すと、「歩けるか？」

「ええ……。私、どうしたのかしら」

靖代は、半ば眠りから覚めていないようだった。

「——さあ、帰ろう。ともかく家へ帰って、すべてはそれからだ」

と、安部は安堵《あんど》した表情で言った。

絹江は、父の髪に急に白髪が目立つようになったのを見て、胸が痛んだ……。

2

パジャマ姿でダイニングキッチンへ入って行った絹江は、父がコーヒーをいれているのを見て、

「お父さん、早いね」

と声をかけた。

「まだそんな格好でいるのか。遅刻するぞ、学校に」

「大丈夫。いつもこの時間だもん」

「顔を洗って仕度しろ。俺がトーストぐらいなら焼いといてやる」

「いいの。私、生パンかじるのが好きだから」

と、絹江は自分のモーニングカップを出して、「これに、コーヒーと牛乳、半々ね」

「少し待て。コーヒーが落ちるのに、四、五分かかる」

「――お母さんは？」

「眠ってる」

「ゆうべも帰ってくるなり寝ちゃったし……。やっぱりおかしいのかな」

「さあ……。目が覚めたら、ゆっくり話してみるさ。心配することはないだろう。ぐっすり眠って、寝息をたてて……。どう見ても健康そのものだった」

と言って、安部は、「──本当に健康なら、どんなにいいかな……」

ひとり言のように呟《つぶや》く。

「お父さん──」

と、絹江が言いかけたときだった。

二階から、ドタドタと駆け下りてくる足音がして、

「こんな時間！」

と、靖代が飛び込んで来た。「どうして起してくれないの！　遅刻しちゃうじゃない！」

息を弾ませると、ダイニングの椅子を引いて腰をおろし、

「私、牛乳一杯飲むだけでいいわ」

と言った。

──絹江は、目の前の光景が幻か夢であってほしいと思った。

そこにいるのは母──間違いなく靖代なのだ。しかし……靖代が着ていたのは、絹江

の着て行くセーラー服だったのである。

「牛乳入れてよ、一杯」

と、母に言われて、

「うん……」

絹江はほとんど無意識にモーニングカップを取り出し、冷蔵庫の牛乳を注《つ》いだ。

「——はい」

と、カップをテーブルに置くと、

「ありがとう。でも——あんたも遅刻するよ、まだそんなパジャマ姿で」

靖代はふっくらとして童顔ではあるが、セーラー服はさすがに無理があった。いや、そんな呑気《のんき》なことを言っている場合ではない。

絹江は父と目を見交した。

二人とも、青ざめていた。

——お母さんがおかしくなった！

「何してるの？」

靖代の方は、ふしぎそうに絹江を見て、「早く仕度しなさい。ね、琴美《ことみ》、あんたはやることがのろいんだから」

琴美？——絹江はその名前に聞き憶《おぼ》えがあった。

そうだ。叔母さんの名だ。

叔母、矢吹《やぶき》琴美は、靖代の妹だ。

ということは……。

「琴美、何してるの？」

「——ううん、何でもない」

と、絹江は首を振った。

自分の娘を妹と思い、自分は娘のセーラー服を着ているのだ。

「——あんまりだ」

と、絹江は思わず呟いた。

靖代は、そんな絹江の様子など全く気に止める風もなく、カップの牛乳を一気に飲み干すと、

「さ、もう行くわ」

と、立ち上った。

絹江は、母が絹江の学生鞄《かばん》を持っているのを見て、焦《あせ》った。

「待って！——ね、待って！」

さっさと玄関へ出て行く靖代を追いかけて、絹江は呼び止めた。

「どうしたの？」

振り向いた母の顔は、何の疑いもなく「妹」を見ている。――絹江は言葉が出なかった。

「何よ、呼んどいて何も言わないで。変な子ね」

靖代が玄関に脱いであった絹江の靴をはく。スルッと入ってしまうのが、絹江には驚きだった。

「――行ってくるわね」

と、靖代は玄関のドアを開けようとして、ふと振り向くと、「琴美」と言った。

「え？」

「今日は私にとって記念すべき日なの！」

と、靖代は目を輝かせて言った。「三月十七日。――私の一生忘れられない日になるのよ！」

絹江は、何とも言えなかった。今は秋だよ、と言ってやっても、今の母には何になるだろう？

「それじゃ！」

靖代は、片手をちょっと上げて見せると、ドアを開けて出て行った。その仕草は、まるで十代の少女のような、潑剌《はつらつ》とした動きだった。

お母さん……。どこに行くの？　お母さん……。

「――絹江！」

やっと立ち直ったらしい安部が飛び出してきた。「止めるんだ」

「お父さん――」

「近所の人が見たら、どう思う！」

そうだ。――絹江もそう言われて青くなった。母がセーラー服を着て歩いているなんて、近所の笑いものになったら辛い。

絹江はサンダルを引っかけ、急いで外へ出た。――母は、通りを小走りに渡ろうとしているところだった。

「――お母さん！」

と、思わず叫んでいた。

そのせいか、靖代が振り向くまで、少しの間があった。絹江の「声」に気付いて振り返ったのだろう。

靖代の足が止った。

「危い！」

絹江はそう叫ぶことしかできなかった。

急に車道の真中で立ち止った靖代に向って、一台の乗用車が——。

急ブレーキの音が響いた。

絹江は、ただ立ちすくんでいた。

車は停《とま》ったが、その瞬間に、靖代に接触していた。靖代はよろけ、足を滑らして転んでしまった。

「——どうした！」

と、安部が飛び出してくる。

「お母さん、車に——」

車から、運転していた男性が飛び出して来た。

安部と絹江が駆け寄ったとき、その男性は気を失っている様子の靖代の手首を取っていた。

「脈はしっかりしてる。——頭を打ったかな。お宅の方ですか」

「そうです。あの——」

と、安部が言いかける。

「救急車を待っているより、もし近くに大きな病院があれば、運びます」

緊張してはいるが、冷静な口調。――絹江は、車が悪いわけではないと分っていた。

靖代が突然立ち止ったので、驚いただろう。

「あの……できれば一旦《いったん》家の中に運びたいのです」

安部は青ざめた顔で言った。

絹江にも父の気持が分った。母をセーラー服のままで病院へ運びたくないのだ。

「これ――母なんです」

絹江がそう言うと、その男性も初めて靖代の「年齢《とし》」に気付いたようで、

「分りました。では、僕が頭の方を持ちましょう。そっと運んで……」

車の後部座席から、初老の紳士が降りて来た。

「田ノ倉《たのくら》。どうしたんだ？　早く救急車を呼ばんか」

「一旦、家の中へ運びます」

その紳士は、一目見て、普通の状況でないことに気付いたらしい。

「私が運ぶのを手伝う。お前は車をわきへ寄せろ。また事故を起す」

「はい」

絹江は、この紳士と、その部下らしい男性の、てきぱきとした行動に、こんなときなのに、すっかり感激していた。

3

靖代が目を開いた。

「良かった！　大丈夫？」

絹江は、靖代の方へ身をのり出して、

「どこか痛む？」

と訊いた。

靖代は少しの間、目をパチクリさせていたが、やがて絹江の方へ頭を動かし、

「――私、どうしたのかしら？」

と言った。

「車に接触したんだよ。で、転んで気を失って。でも、レントゲンとか脳波とか、どこも異状ないって。――毎日こんなじゃ、私、どうかなっちゃう」

絹江は少し大げさに言ってやった。

「心配かけて、ごめんね、琴美」

絹江は、笑顔がそのままこわばってしまった。——お母さん、まだ自分を高校生だと思ってる！

「——待っててね。お父さん呼んでくる」

居たたまれなかった。病室から急いで出ると、絹江は途方にくれて、涙がこぼれて来てしまった。

「——どうしたんだい？」

という声に振り返る。

「田ノ倉さん……」

絹江は、涙を手の甲で拭《ぬぐ》って、「まだいて下さったんですか」

「宮島《みやじま》から、必要なだけ残っていろと言われてるんだ。お母さんは……」

「今、目を覚ましたんですけど——」

絹江が口ごもると、

「まだ、自分を高校生だと？」

「ええ……。何て言っていいのか……。お父さんは——」

「ここの医者と話してるよ」

もう、夜の九時を回っていた。

一旦、靖代を自宅へ運び込んだものの、目を覚まさないので、結局、あの老紳士、宮島の知っているこの病院へ運んだ。

もちろん、宮島が個室を用意して入院させたのである。

「田ノ倉さんのせいじゃないのに、何から何まで、すみません」

と、絹江は礼を言った。

「いや、そんなことはいいんだ。しかし、どうしたものかね」

この病院へ運んでくるとき、靖代のセーラー服は替えさせたのだが、まだ自分を高校生と思い込んでいたら、早速困ることになるだろう。

田ノ倉と宮島も、靖代が病気の告知を受けて失神したことは聞いていた。

「——三月十七日だって思い込んでるみたい。でも、その日付って何だろう？」

絹江も、首をかしげるしかない。

そこへ、安部がやって来た。

「お父さん！」

絹江が駆け寄って、話をすると、安部はひどく思い詰めたような表情になった。

「田ノ倉さん。お手数をかけて……」

「いや、それは構いませんが——」

と、田ノ倉が言いかけたとき、病室のドアが開いて、靖代が出て来た。

「お母さん！　寝てなきゃ——」

「琴美、私のセーラー服は？」

と訊かれて、絹江は返事ができなかった。

「急いで学校に行かなきゃならないの。ね、琴美、私の制服と鞄、持って来てちょうだい」

絹江が困り果てて父の方を振り向く。——安部は意を決した様子で、靖代の方へ進み出ようとした。

すると、

「失礼します、お嬢さん」

と、田ノ倉が靖代に声をかけたのである。

「あの……どなた？」

「車を運転していて、あなたをはねてしまった者です。急ブレーキを踏んだのですが、間に合わなかった」

「そうですか……。それで私、少しフラフラするのかしら」

と、靖代は、傍の壁に手をついた。

「大丈夫ですか？」

「ええ……。何だか、時々スーッと血の気がひいていくようなんです」

「じゃあ、横になっていた方がいいですよ」

「いえ、私、どうしても学校へ行かなきゃならないんです。今日は何があっても休めないんです」

「そのことなんですよ」

と、田ノ倉が言った。「三月十七日に、必ず学校へ行かなきゃいけない。そうですね？」

「ええ……」

「車にはねられて、一時意識を失っておられたんですが、そのせいで、日付が混乱してらっしゃるんですよ」

「――え？」

「十七日は一週間後。来週の今日が十七日です」

靖代はポカンとして、

「来週が……十七日？」

「ええ。本当ですよ。——あ、ちょっと看護師さん」

と、田ノ倉は通りかかった看護師を呼び止めて、「今日は何日でしたかね」

「今日ですか？　十日ですよ」

「ありがとう。——お分りでしょう？」

と、田ノ倉は靖代に微笑《ほほえ》みかけた。

確かに今日は十日だが、月が違う。しかし、田ノ倉は巧みに靖代に信じさせてしまった。

「十日……。そうなんだ」

絹江は感心して見ていた。

と、靖代は娘を見て、「琴美、ごめんね！　お姉ちゃんがどうかしてたわ」

「いいよ、別に」

「さあ、もう一度ベッドへ戻りましょう。早く元気になって、一週間後には、もうフラフラしなくなっていますよ」

「ありがとう……。本当のところ、学校へ行く途中で倒れていたかも……」

「ゆっくり眠って下さい。——何も心配なことはありませんからね」

絹江は、病室のドアを開けたまま押えて、母がベッドに入って眠りに落ちるのを見ていた。

「——そっとしておこう」

と、田ノ倉が病室から出て来て、小声で言った。「ああやって、すぐ眠ってしまうというのは、やはり普通じゃないね」

「ありがとうございました」

と、安部が礼を言った。

「いや、とっさに今日が十日だということを思い出して……。しかし、一週間後には学校へ行くとおっしゃるでしょう」

「お父さん。どうしよう？」

絹江は、父が眉間《みけん》にしわを寄せて、ひどく考え込んでしまっているのを見て、心配になった。「——どうかしたの？」

安部は、絹江を見て、

「母さんは、『三月十七日』と言ったんだな」

「うん」

「間違いないな。十八日でなく、十七日だったな」

「そうだよ。——今、聞いてたでしょ。今日が十日だからって……」

すると、田ノ倉が言った。

「安部さん、何か心当りがおありなんですね、三月十七日という日付に」

安部は、少し間を置いて、

「確かに」

と、肯いた。

三人は何となく歩き出し、廊下の奥のソファが並んだ休憩所に行って座った。——もう九時を回ると、病院の中は「夜中」で、照明も少し落ちている。

「——私は家内と同じ高校で一年先輩でした」

と、安部は言った。「同じブラスバンドに入っていて、私はトランペット、靖代は一年下でフルートを吹いていました」

「お父さんがトランペット？　知らなかった！」

「もう音も出ないだろうな。しかし、どこか戸棚の奥の方にしまい込んである」

「そうだったんだ。——じゃ、ブラスバンドのときに付合い出したの？」

「そうじゃない。——ブラスバンドに限らず、クラブ内での恋愛は禁止ということになっていたのです。何といっても周りがやりにくいですからね」

と、安部は言った。「だから、もし同じクラブの中の三年生と後輩が思いを打ち明け合おうとしたら、それは三年生が卒業していく、そのときしかない」

「お父さんたちもそうしたの？」

「――どうかな」

「どうかな、って……」

「よく分らないんだ」

「安部さん。三月十七日というのは……」

「卒業式でした。我々の学年の。そして、式の後、ブラスバンドのメンバーが集まってちょっとしたパーティがあったんです。そのときが、毎年、思いを打ち明ける絶好の機会でした」

「お父さんもそのときに？」

「私は、一年下の靖代をひそかに恋していました。そして靖代の方でも、少なくともそれを迷惑がってはいなかったはずです。しかし、もちろん、お互いに自分の気持を打ち明けるのは、その日まで控えていた……」

安部は、自分に向って語りかけているかのようだった。

「で、打ち明けたの？」

「十八日にな」

「――十八日？　十七日じゃなくて？」

「十七日のパーティの席で、靖代は途中から姿が見えなくなってしまったんだ。卒業していく三年生だけで、パーティの後、別に二次会があって、結局、靖代に話す機会がなかった。私は翌日、靖代の家へ電話を入れ、呼び出して会った。そして付合ってほしい、と言ったのです」

「で、あちらもＯＫだったわけですね」

「ええ。――でも、それは三月十八日で、十七日ではなかったんです」

「でも、お父さん。それはお母さんが家を出るときに、今日こそは、と思ってたのが十七日だったからでしょ」

「しかし、それならパーティの途中からいなくなってしまったのはどうしてなんだ？　何があっても、思いを打ち明けるつもりなら、中座するはずがない」

――しばらく誰も口を開かなかった。

「安部さん、それはこういう意味ですか」

と、田ノ倉が言った。「三月十七日に、奥さんが思いを打ち明けようとしていたのは、他の男性だったと」

絹江は、父が答えないことで、肯定しているのだと知った。

「そんなこと……。今さら、どうだっていいじゃない！」

「もちろんさ。我々はな。しかし、母さんにとってはどうだ？　これから学校へ行って、好きな人に告白しようとしているんだ。しかし、そこに相手がいないとしたら……」

絹江は、そんなことにこだわる父の気持がよく分らなかった。

「そんなの……お母さん、目が覚めたら、いつも通りのお母さんに戻ってるよ、きっと」

と、決めつけるように、絹江は言ったのだった……。

4

「物好きな男もいるもんだな」

と、宮島がソファで新聞を広げながら、「自分がもてなかったことを確かめたいというのか」

「そう言ってしまうと、身もふたもないですが、奥さんの気持を考えると、十七歳のときの通りにしてやりたい、と言うんです。ご主人の気持は分りますよ」

と、田ノ倉が言った。

「お前はセンチメンタルな人間だからな」

「からかって下さい、ご自由に」

と、田ノ倉は平気なもので、「じき、みえますから」

「――みえる？　誰が？」

「安部さんです」

「聞いとらんぞ、そんなことは」

「今回の〈一億円〉は安部さんに、と思っているんです」

大富豪だが、家族というもののない宮島勉《つとむ》は、時々、こうして見知らぬ人間に一億円を贈る。そこにどんなドラマが生れるかを楽しむのである。

その相手を選ぶのは、秘書の田ノ倉良介《りょうすけ》に任せているのだった。

――安部は、少しやつれた様子でやって来た。

「すっかりお世話になって、申しわけありません」

と、通された応接室で、安部は頭を下げた。

まだ〈一億円〉の話は、安部の耳に入っていない。

「奥様はいかがですか」

と、田ノ倉が訊《き》くと、安部はため息をついて、

「相変らず、自分を十七歳だと思っています」

「そうですか。あれから三日……」

「あと四日で、家内にとっては三月十七日になります。――ぜひお力をお借りしたいことがありまして、こうして伺いました」

「おっしゃってみて下さい」

と、宮島は言った。

「あの日のパーティを、再現したいんです。もちろん全員は集められないでしょうが、私と同じ学年のブラスバンド部員は、みんな直接連絡を取り、大体出てくれると言っています」

「大した熱意ですな」

「娘にも叱《しか》られました」

と、安部は苦笑した。「そんなことをしたら、靖代の誤解を助長するだけで、ちっとも良くならないと言うんです」

「一理あるな」

と、宮島が言った。

「私も、靖代が病気でなければそう思ったでしょう。しかし、靖代は――。もしかすると、自分の先が短いことを知って、無意識に考えていたことが表面に出たのかも、と

「……」

「それで気がすむのなら、いいじゃありませんか」

と、田ノ倉は言った。「三月十七日のパーティを再現するとして、学校を使うんですか？」

「そこが頭の痛いところなんです」

と、安部は言った。「――同じ高校に、今絹江も通っていて、ですからセーラー服は変っていないんですが、校舎が……」

「校舎？」

「何しろ三十年近くも前のことで、あのときは木造の校舎だったんです。今は鉄筋の立派な校舎に建て替えられています」

「なるほど」

「靖代が気にしないでいてくれるといいんですが……」

田ノ倉も、さすがに考え込んでしまった。――いくら一億円あっても、鉄筋コンクリートの校舎を壊して、木造に建て替える（？）わけにはいかない。

「――この田ノ倉が説明すると思うが」

と、宮島は言った。「あなたに一億円をさし上げる」

「は？」

「それを使って、パーティを再現するといい」

「一億円……」

安部は呆気《あっけ》に取られている。

「しかし、校舎まではどうにもなりませんね」

と、田ノ倉が言った。

「校舎か……」

宮島はしばらく腕組みして考え込んでいたが、「――田ノ倉」

「はあ」

「ちょっと、連絡先を捜してくれ」

「誰です？」

「遠藤啓吉《えんどうけいきち》」

「――聞き憶《おぼ》えがありませんが」

「そうだろう。お前が生れる前ぐらいに会ったきりだ」

「一億円とおっしゃったんですか？」

と、安部が呆然《ぼうぜん》とした様子で訊いた……。

ドアをおずおずと開けると、

「——はい」

と、中から一つの顔が覗《のぞ》いた。

弥江子《やえこ》はびっくりして、

「靖代！」

と、思わず呼びかけていた。

だが——靖代であるわけはなかった。その子は、ちょうどあのころの靖代くらいの年齢で、靖代に似てはいたが、違う顔をしていた。

「ごめんなさい」

と、弥江子は言った。「靖代の娘さんね？」

「安部絹江です」

と、その明るいワンピース姿の娘は微笑んだ。「沢井《さわい》さんですね」

「ええ、そう。——ごめんなさい、自己紹介もしないで」

と、弥江子は言った。「沢井弥江子。あなたのお母さんと高校時代、親友同士だったの」

「今日はわざわざすみません」

と、絹江はドアを大きく開けて、「どうぞ入って下さい」

「ありがとう」

沢井弥江子は、ホテルの一室の、その落ちついた調度で少し安堵《あんど》した。

「——今、父が来ます」

「安部さん？　思い出すなあ、安部さんのトランペット」

と、弥江子は遠くを見るような目になって言った。

「沢井さんは、何をやってらしたんですか？」

「私は打楽器。シンバルとか小太鼓とか。——もともと、靖代に引張られて、ブラバンに入ったようなものだから」

と、弥江子は言った。「靖代……元気だったけど……。本当に病気なの」

「はい。でも、本人はまだ元気です」

「本当に、靖代のフルートは明るくて活発で……。聞いてるだけで、幸福になれたわ」

弥江子はため息をついたが、「——それで、私は何をすればいいの？」

「高校二年のときの三月十七日にされた通りのことをしていただきたいんです」

「じゃあ、本当に靖代——十七歳のつもりで？　そう。大変ね」

「ご迷惑でしょうけど」

「いいえ。そんなことといいのよ。偉いわね、安部さん。奥さんのためにこんなことまで……」

と言いかけて、不意に涙ぐみ、「靖代が、あと一年だなんて……。神様って何を考えてるのかしら」

と、ハンカチを目に押し当てた。

「ごめんなさい……。三月十七日ね。あの日の通りにするのなら、卒業式の後、一旦急いで家に帰ったわ。それから駅前で靖代と待ち合せて、パーティに行った」

「一旦家に？」

「どうせ時間が空《あ》いてたし、それぞれ、卒業して行く先輩にあげるプレゼントを、学校へ持って来て置いておくのがいやだったのよ。盗まれたり、中を見られたり、ってことがよくあったからね」

「そうですか」

「私以外には？」

「ええ、ブラスバンドの方たち、ずいぶん来て下さるんです、パーティ会場に直接。三年生の、父と一緒だった方が――」

と言いかけたとき、ドアが開いて、

「——沢井君。来てくれたのか」

安部が入って来た。

「久しぶりね！　でも——」

弥江子は、高校の男子の制服だった、紺のブレザーとネクタイ姿の安部を眺めて、

「少し、お腹《なか》が出てる？」

「仕方ないさ」

と、安部が笑って、「——おい、入れよ」

同じ、ブレザーを着た男が二人、少し照れくさそうに入って来た。

「——柳原《やなぎはら》さん？　それと黒川《くろかわ》さんね」

と、弥江子は息をついて、「まあ……」

と、呟《つぶや》くように言った。

「沢井か。——お前、あんまり変らないな」

と、黒川が言った。

「独り者なんでね。いつまでも『娘』なの」

と、弥江子は言った。

「俺は、もっと薄いんだぜ、本当は」

柳原が頭へそっと手をやった。「女房が怪しんでさ。出てくるのに苦労したよ」

「ブラバンの部長の面影は残ってるわよ」

と、弥江子は言った。

柳原卓也《たくや》は、四十七の今でも、なかなかスマートで、魅力的な中年である。黒川太一《たいち》郎《ろう》は、大分「生活の疲れ」とでもいうものがにじみ出ていた。

「――沢井さん」

と、絹江が申しわけなさそうに言った。「これに着替えていただけますか？」

絹江が両手に持っていたのは、高校のセーラー服。弥江子は目を大きく見開いて、

「いいわよ！　覚悟して来たわ」

と言った。

「これを見るだけでも、来たかいがあった」

と、黒川が冷やかした。

「そろそろ仕度して出よう」

と、安部が腕時計を見て、「じゃ、沢井君悪いが――」

「待ってて！」

弥江子は、セーラー服を受け取ると、奥の部屋へと姿を消した。

5

「弥江子！　待った？」

その声が飛んで来た瞬間、弥江子は本当に十七歳の時代に逆戻りしたような錯覚に陥った。

「——今来たばっかりよ」

駅前の明るい場所に、セーラー服で立っているのは気がひけて、少し傍の薄暗い辺りに立っていた。

それでも、大分日は暮れかけて、たぶん学校へ着くころはすっかり暗くなっているだろう。

「髪を直してたら、時間かかっちゃった」

靖代がそう言って、髪に手をやる。「良くない？」

思い出した。弥江子は胸をつかれた。——あのとき、靖代はこの通りに言ったのだ。

「うん、悪くないよ」

と、弥江子は言った。

「じゃ、行こう！　遅れると大変」

靖代は、老《ふ》けてはいたが、そのしゃべり方や身のこなしが、本当に十七歳のものだった。

二人は、歩き出した。

「——ね、弥江子」

「うん？」

「何かいい方法ないかなあ」

「——いい方法って？」

「ゆうべ相談したじゃない」

と、靖代は少しいらついた声で、「柳原さんのこと。何とか二人きりになれないかな」

「ああ……。そうね」

「どうせ柳原さんにプレゼント渡そうとするの、私一人じゃないものね。少なくとも、サッちゃんとリョウちゃんがいる。ね、あの二人は絶対でしょ」

「たぶん……そうだね」

「行列作って、プレゼント渡すだけなんて、つまんないよね。何とかして二人きりで話したい！」

　と、靖代は胸に手を当てて言った。

「私……何とかしようか」

「弥江子が？　でも――どうするの？」

「噂《うわさ》を流すのよ。女の子たちの間に」

「噂？」

「パーティの途中で、柳原さんは靖代とこっそり抜けて会うことになってるって」

「そんな……」

「女の子の間だけで、男の子には伝わらないわよ。その場所をさ、全然違う所――たとえば、体育館の裏とかにしとくの。靖代がいなくなったら、少なくとも柳原さんに気のある子はみんなそこへ行くわ」

「それで？」

「靖代は靖代で、柳原さんに、別の所で会いたいってメモをこっそり渡しとくのよ。そうすれば、邪魔も入らない」

「でも、他の子が怒るわ」

「靖代はとぼけてりゃいいじゃない。私だって、『誰かが言ってた』ってことにしておくから、大丈夫」

「でも——柳原さん、来てくれるかなあ」

「それは、柳原さん次第だよね。——靖代、どこにしたい？」

「どこか……教室の中の方が静かだよね」

と、靖代は少し考えて、「音楽室！」

「そうか。いつも使ってるのに、思い付かないもんね」

「ね、メモ渡すって言っても、みんなに見られたら……」

「じゃあ、私が渡してあげる」

「本当？」

「私、花束渡す係だよ。柳原さんには私、って、くじで当ったの」

「じゃ、頼むね！　弥江子！」

靖代が、弥江子の腕を取って飛びはねる。

「ちょっと！　転ぶじゃないの！」

と、弥江子はあわてたように言った。

絹江は、車を降りると、啞然《あぜん》として、

「ここ……本当に学校？」

と言った。

間違いなく、いつも通っている通りに来たのだが……。

「どうだい」

と、田ノ倉がやって来た。「暗いと分らないだろ」

「これって……」

鉄筋コンクリートの校舎のあるはずの場所に、木造の、古びた校舎が建っているのである。——絹江は何度も目をこすった。

「ご苦労さん」

と、田ノ倉が声をかけたのは、白髪の職人風の老人で、

「時間がありゃ、もっとうまくやれたがね」

と、不満そう。

「立派な仕事ですよ」

「いや、高さがね。どうしても鉄筋の方が高いから、上のはみ出した分は黒い布で隠してある。ちょっと見には分らないだろ」

呆気にとられている絹江に、

「この遠藤啓吉さんは、長年映画のセットを作って来た人なんだ。あの古い木造校舎は、大きな板に絵を描いて、窓の辺りだけ切り抜いてガラスを入れてある。それで鉄筋コンクリートの校舎を隠しているんだ」

「へえ！——本物みたい！　凄《すご》い！」

絹江の感激ぶりに、セット作りのベテランも誇らしげで、

「あの小屋の方は、ちゃんと組み立てたんだよ。図面引いて、壁を作っといて、一気にね」

パーティの会場になったのは昔の学生食堂で、むろん今はない。

「写真を見て、そのイメージで作ってくれたんだ」

と、田ノ倉は言った。

「中で何十人がダンスしようと、床はびくともせんよ」

と、遠藤は得意げである。

「ご苦労さん」

「じゃ、すんだら知らせてくれ。若いのを連れて、ばらしに来る」

「よろしく」

ブラリ、と行ってしまう、その後ろ姿が粋《いき》だった。

「短期間で、建物を作れる、となると、映画のセットを手がけた職人だ、というわけでね」

「凄いなあ……」

「パーティ会場へ行こう。——そろそろ、みんなやって来る」

と、田ノ倉は促した。

「うん。——私、この古い校舎の方が良かった」

と、絹江は言った……。


「——何だか、本当に三十年前に戻ったみたい」

という声がした。

「皆さん」

と、安部が少し声を上げて、「今日は家内のために、厄介なことを引き受けていただいて、本当にありがとう」

二十人近い出席者から拍手が起った。

「晩飯を食わしてもらってるんだから、文句ないよ」

と、黒川が言って、みんながドッと笑った。

——知らない人が見たら、異様な風景だったかもしれない。四十代も後半の男女が、ブレザーとセーラー服で集まっているのだから。

「お父さん！」

と、絹江が言った。「来たよ！」

「分った。では、皆さん、よろしく」

と、安部は頭を下げた。

——靖代と沢井弥江子が、会場へ入って来た。


「では、卒業生の皆さんへ、花束を贈ります」

と、司会役の女子学生がマイクを手に言った。

弥江子を始め、一、二年生の女の子たちが花束を、卒業して行く三年生、一人一人に手渡した。

弥江子は柳原へ花束を渡して、

「カードも読んで」

と、小声で言った。

パーティは、すぐに再開されて、ＢＧＭもにぎやかに流れた。

「本当にこの曲だったな」

と、黒川が言った。「よく調べたもんだ！」

柳原は、花束についていたカードを広げて読むと、少し難しい顔になった。

「柳原……」

「ちょっと出てくる」

柳原は、目立たないように壁ぎわを抜けて、外へ出て行った。

――絹江は、パーティ会場の外に立っていた。

何しろ、このとき、絹江は「いなかった」のだから、外にいるのが理屈に合っている。

柳原が出て来て、足早に校庭を抜けて行くのが見えた。

絹江は少しためらったが、柳原の後をついて行ってみることにした。――父の様子から、母がこの夜、思いを打ち明けたかったのは、柳原らしいと思っていたのだ。

確かに、柳原は外見も雰囲気も、今でも女の子をひきつけるものを持っていた。

母は？――まだパーティ会場にいるらしい。

絹江は、足を止めた。

暗くてよく分らないが、人の声が聞こえてくる。

「そんなことできないよ」

柳原の声だ。「当り前だろ」

「じゃ、本当にあのときの通りにやろうって言うの？」

沢井弥江子だ。どこか切羽詰った声である。

「靖代は、音楽室へ行ってるのか」

「そろそろ行くころね」

「――だけど、そこにはいない」

「そうよ。三十年前と同じね」

柳原は、少しの間黙っていた。

「――青春なんて、思い出したくもない」

と、弥江子が言った。「青春を二度くり返すなんて、とんでもないわ！」

「だが、僕をここへ呼び出したじゃないか」

「ええ。でも今日はあのときと違うわ。決定的にね」

やや重苦しい沈黙があった。

物かげで聞いていた絹江は、息を殺していた。――三十年前、何かがあったのだ。

「――そうだな」

と、柳原は肯《うなず》いた。「あのときは、もっと暗かった」

「だから間違えたの？　私を抱きしめてキスしといて、『靖代』って呼んだのね」

弥江子は静かに言った。

「恨んでるのか、今でも」

「さあ……。男なんて関心なくなっちゃったの。靖代はいつも私の一枚上手をいってたわ。——親友といっても、いつも劣等感を味わう親友なんて、辛《つら》いものよ」

「今さら、よせ。靖代は病気なんだぞ。君はまだ先がある」

「だから何なの？——靖代は、夫も子供もいて、昔憧《あこが》れた人にまで、憶えていてもらえる。私とは違うわ」

弥江子は息をついて、「もう戻るわ。——あのときも、あなたが私を靖代と間違えたと知って、すぐ戻ったから」

「弥江子——」

「他の子を代りによこす？」

そう言って笑うと、弥江子は足早にパーティ会場へ戻って行った。

絹江は、柳原が一人、たたずんでいるのを、声もかけられずに見ていた。

「——誰だ？」

「すみません。——絹江です」

「ああ……」

柳原は肯いて、「今のを聞いてた？」

「すみません」

「いや……。人間、傷ついた記憶は、いつまでも消えないんだね」

柳原は肩をすくめて、「君のお母さんは音楽室で待ってるだろう。行ってみようか」

「はい」

二人は、校舎のわきを回って、歩いて行った。

「音楽室は、離れのような格好で作られていた。今は別だろ？」

「ええ、校舎の中です」

「昔の音楽室も、確かまだ残ってると思ったけど」

「あります。楽器の置場になってて」

「そうか」

「柳原さん」

「何だ？」

「もし……そのとき、本当に母があなたと会っていたら、母と付合っていましたか」

「いや……。もしその気なら、一度会えなかったくらいで、諦《あきら》めやしないさ」

「そうですか」

「弥江子も、君のお母さんも、僕を買いかぶってたんだ」

「どういう意味ですか？」

「何人もの子が僕に思いを打ち明けにくると思ってたらしいね。でも、本当のところは、まるきりだった。――だから嬉《うれ》しくていきなり抱きしめてしまったんだ」

「へえ……。でも、もてそうだけど」

「ただ見てくれのいいのと、人柄がいいのじゃ、全然違う。――あのころも、女の子の男を見る目は確かだったんだな」

柳原の苦笑が、暗い中でも目に見えるようで、絹江は何となくホッとした。

「あれが音楽室だね」

と、柳原が言ったときだった。

「やめて！」

と、甲高い女の声がした。

「――お母さんだ」

柳原が駆け出した。絹江もあわてて後を追った。

「何してる！」

明りが点《つ》いて、絹江は息をのんだ。――母が、セーラー服のリボンを外され、床に座っていた。

「――黒川」

「何だ。あのときと違うじゃないか」

黒川が笑って言った。

「何てことを……。馬鹿《ばか》め!」

柳原は、靖代の手を取って立たせた。「大丈夫?」

「柳原さん……」

靖代は乱れた髪へ手をやって、「あなたじゃなかったんですか」

黒川はネクタイをしめ直して、

「あのときの通りにしてくれと言われたから、そうしただけさ」

と言った。

柳原が黒川を見た。

「お前……」

「お前ばっかりがもててたものな。お前が花束についてたカードを落としたのを拾ってさ。見ちまったよ、弥江子を間違って抱いたのをな。その後、この靖代がいそいそと出て行くのを見て、ここへつけて来た。——誰も来やしないと分ってたからな」

「黒川、お前……」

「彼女は幸せだったろうぜ」

と、黒川は肩をすくめた。「逆らわなかったぜ、少なくとも途中からは。お前が相手だと思い込んでたはずさ」

柳原は拳《こぶし》を固めて、黒川を殴った。黒川は仰向《あおむ》けに倒れて、喘《あえ》ぎながら、

「シナリオが大分狂ったな」

と言った。

「——お父さん」

絹江が、入口に立つ父に気付いた。

柳原は、凍りついたように立っている靖代に、

「靖代さん。——あなたの愛してる人は、あそこにいる。分りますか」

と言った。

「柳原さん……」

靖代は、じっと柳原を見ていた。

黒川が床に座ったまま、泣き出した。

「――黒川、どうしたんだ」

と、安部が入って来て言った。

「俺は……ずっと気になってた。後になって、自分のしたことに青くなった。――柳原に殴られてホッとしたんだ。やっと、あのときのけりがついたような気がする」

黒川は立ち上ると、「安部。お前にも殴る権利がある」

安部は首を振った。

「――お前は、来たくなければ来なくても良かったんだ。それを、こうして来てくれたのは、初めから償うつもりだったんだろう」

「どうやったって、過去は消えないさ」

黒川は殴られた顎《あご》をさすって、言った。

「消えなくても、乗り越えていくことはできる」

と、安部は言った。

「そうだな」

と、柳原が肯いて、「さあ、パーティへ戻ろう」

と、靖代の腕を取った。

すると――靖代が急に柳原に抱きついて、キスしたのである。

柳原も安部も、びっくりしているばかりだった。

絹江は、何だか映画のワンシーンを見ているようで、ポカンとして、母が父でない男と唇を重ねているのを眺めていた。

そして——突然、靖代はぐったりと柳原の足下に崩れ落ちた。

「お母さん！」

絹江はあわてて駆け寄った。

6

「ありがとうございました」

と、絹江はていねいに頭を下げた。

「いやいや。それで、お母さんは……」

「はい、元に戻りました」

宮島家の居間に、今日は絹江がセーラー服姿で訪ねて来ていた。

「すると、ちゃんと君のことも分るんだな？」

「はい。——自分が十七歳だ、なんて思い込んでたこと、すっかり忘れてるらしいんです」

「今は入院かね？」

「あの——いただいたお金が、まだ半分くらい残っていて」

と、絹江は言った。「あの凄いセット、もったいなかったですね。一晩で壊しちゃって」

「映画のセットとはそういうものさ」

「それで——残ったお金を使わせていただいてもいいんでしょうか」

と、絹江がおずおずと言う。

「もちろん。君たちにあげたんだ。自由に使いなさい」

「ありがとうございます！」

と、絹江はホッとした様子で、「母を入院させる前に、三人で旅行しようって……。父も、会社がどう言おうと休みを取るって言ってますし」

「それはいいことだ」

「少しぜいたくに海外へ……。そして、母が残りの日々を、できるだけ楽に過せるようにしてあげたいと思ってます」

絹江は、くり返し礼を言った。

田ノ倉は、絹江を近くの駅まで車で送って行った。

車の中で、

「私って、母と似てるって言われるんですよね」

と、絹江は言い出した。

「ほう?」

「今日、宮島さんにああ言ったけど——本当はもう、海外旅行のお金、払っちゃってあるんです。宮島さんに、だめって言われても、もう払っちゃったし」

「なるほど」

「だから私が来たんです。——たぶん、私がお願いするのが一番効きめがあると思って」

「それは図星かもしれないな」

と、田ノ倉は言った。「駅の向う側の方がいいね」

「あ、すみません」

踏切で車が停っているとき、絹江は言った。

「——私、お母さん、あのときは分ってたんだと思うな」

「あのとき?」

「それまではともかく――柳原さんにキスしたとき。あのときはもう、四十六のお母さんだったと思う」

「どうして?」

「何となく……。私、似てるらしいから分るの。あのとき、きっと『今なら、お父さんも怒らないわ』って思ったんだと思う。そして気を失ったふりをした……」

電車が通り抜けて行く。

「――お母さんにとっては、あのキスが、青春時代から引っかかってたことを清算するのに必要だったんだと思う。だって、柳原さんだと思ってた相手は黒川さんだったんだもの。せめて一回だけ、好きだった人にキスしたいと思ったんだ、きっと」

「なるほど」

踏切が開いて、車は駅の反対側の口へつけて停った。

「――どうもありがとう」

と、車を降りると、絹江は運転席の方へやって来た。

窓ガラスを下ろすと、

「私、お母さんと似てるの」

と言って、絹江が突然田ノ倉にキスした。

「——さよなら！」

改札口へ駆けて行く絹江を見送って、田ノ倉はポカンとしていた。

後になって、田ノ倉は、このことは絶対に宮島へ言わないぞ、と決心したのだった……。

解説

山《やま》前《まえ》譲《ゆずる》
（推理小説研究家）

人間社会にはさまざまな〈関係〉が張り巡らされている。絶海の孤島で独り暮らしをしているなら別だろうが、普通はそんな〈関係〉から逃れることはできない。人と人とのつながりで生きているからだ。

もっとも基本となるのは親子などの血縁関係だろうか。生命の根源だからそれを完全に断ち切ることはできないはずだ。さらには学校だったり職場だったり、生きていくうえには〈関係〉が欠かせないのである。

そして血縁関係の次に大切なのは金銭関係ではないだろうか。たとえ自給自足の生活をおくっているとしても、そのスタートにはやはりお金が必要だ。そして日々の生活にはやはりお金がどうしても絡んでくる。食費だったり光熱費だったり、家賃だったり住宅ローンだったり……金銭関係を考え出すと頭が痛い。

ましてや、なにかしらのトラブルが生じてお金が必要になったら？　金銭関係で行き詰まってどうにもならないと悩むことになったら？

お金があれば簡単に解決できるのに――そんな時に一億円をポンと提供する資産家が現れるのがこの『不幸、買います』である。光文社文庫既刊の『一億円もらったら』の続編だ。

とはいっても、その一億円を提供する七十歳近い宮島は、いわゆる篤志家《とくしか》のようには思えない。彼には身寄りがなく、莫大な財産をどう使うかを悩んだ挙げ句、見知らぬ他人に「一億円を提供する」という趣味を持つに至ったのである。一億円がもたらす化学反応を見たいというのだから、悪趣味だと言えなくもない。

確かに一億円が人生を左右する大金であるのは間違いないだろう。享楽《きょうらく》に費やしたりしなければ、日々の暮らしには十分な金額だ。

ギャンブルに費やせばあっという間になくなってしまうかもしれないが、そんなふうに単純に使うのであれば、宮島が求めているドラマは生まれないのである。宮島とその一億円を渡す相手を見つけ出す秘書の田ノ倉が、大金の行く末を見守る五つの物語が本書に収録されている。

巻頭の「不幸、買います」はかなり奇妙な展開だ。サラリーマンの中里は仕事上のストレスで笑顔から逃れられなくなってしまう。どんな場面でも笑顔のままなのである。

いろいろな病院へ行ったものの、その笑顔を消すことができなかった。当然ながらそれはトラブルのもととなった。

その中里がある女性とホテルのラウンジにいるところを見ていたのが、フランスからの客と待ち合わせをしていた宮島と田ノ倉である。そしてなんと中里とその女性は心中を！　一億円の使い方がユニークだが、笑顔のもたらす不思議でスリリングなストーリーと、宮島の意外な一面が分かるラストが印象に残るだろう。

つづく「老兵に手を出すな」は家族関係と一億円を巡っての欲望の関係が交差している。永沢は十年の刑期を務めあげて出所した。七十半ばになっていたが、彼を刑務所の前で待っていたのは娘と孫……だけではなかった。

永沢はある会社に忍び込み、金庫から現金を盗んだとして逮捕された。ただ、金庫にはお金はなかったと彼が言ったのにもかかわらず、盗まれた会社は金庫の中に一億円あったと主張したのである。

そんな大金が本当に金庫にあったのか。もしあったとすればどこに行った？　永沢がその行方を知っているはずだと思う連中の欲望が、出所したばかりの彼を翻弄する。やはり一億円は大金なのだ。

「崩壊家族」は、タイトルが端的に語っているように、家族関係がベースだ。連絡がとれなくなった母の結の家に駆けつけた神山恵は、意識不明のところを発見する。救急車で運んだのだが、〝胃袋のことと、ジャイアンツの試合の結果しか頭にない〟夫と、酒浸りの兄は頼りにならない。

ところがその病院で出会ったのが、かつて母と付き合ったことのある宮島！　かくして母は〈特別個室〉に入って手厚い看護を受けるのだが、そのお金の出どころを巡って大騒動となるのである。

忘れがたい何十年も過去の人間関係によって、今回は秘書の田ノ倉に頼ることなく、宮島自身が一億円の使いどころを見つけてしまった。いつもにまして積極的に動く宮島である。結の達観した人生観がそこかしこに語られ、彼は複雑な思いにとらわれているようだ。そして、〝人は自分に勝つことを経験すると、成長していくものだ〟というラストの田ノ倉の思いも強く迫ってくる。

ちょっと違った関係を背景にしているのが「見開きの町」だ。その町は川を挟んでじつに対照的な光景を見せている。西岸には真新しいビルやマンションが立ち並んでいるのに、東岸には小さな住宅や、古びたアパートがあるだけなのだ。なぜ？

東京のホテルから始まった物語は、その奇妙な町のいわば再開発へと発展していく。一億円はどう使われるのか。またもや宮島が大活躍している。秘書の田ノ倉はいささか不満なようだが……。ちょっと意味不明のタイトルが興味をそそるだろう。

最後の「青春の決算」は青春時代の人間関係だ。安部靖代は四十六歳だが、ガンであと一年もたないと告知されている。しかも自動車と接触して意識を失ってしまうのだが、そこに現れたのが宮島と田ノ倉だった。自分が十七歳だと思い込んでしまった靖代の過去が蘇える、一億円を費やした大規模な仕掛けは、映画通の赤川氏らしいスペクタクルな展開だ。

本書は『老兵に手を出すな』と題して一九九九年三月に新潮社より刊行され、文庫化の際に『不幸、買います　一億円もらったらII』と改題された。

一九五四年に公開されたジャン・ギャバン主演の『現金《げんなま》に手を出すな』は、ギャング映画の傑作として高く評価されている。五千万フランの価値がある金塊をめぐっての物語だが、原題の〝Touchez pas au Grisbi〟を巧みに訳した邦題に当時の映画関係者のセンスを感じる。

そして時は流れ、今や「現金を手に持つな」という時代になったようだ。あまりにもいろいろあって戸惑うカードや電子マネー、コード決済とかインターネットでの仮想通貨など、じつに複雑な日常となった。キャッシュレス化が進んで、現金を意識することがなくなった人が多くなったかもしれない。現金を持たなくてもあまり不便を感じない社会になったと言える。

しかし、一億円の現金を目の前に積まれたら動揺、いや興奮するはずだ。はたしてその大金をどう使うのか。金銭関係はいつの時代でも大切な関係であり、人生にさまざまな波紋を投じるだろう。

二〇〇一年二月　新潮文庫刊

光文社文庫

不幸《ふこう》、買《か》います　一億円《いちおくえん》もらったらⅡ
著者　赤川《あかがわ》次《じ》郎《ろう》

2024年5月20日　初版1刷発行

発行者　三宅貴久
印刷　萩原印刷
製本　ナショナル製本

発行所　株式会社　光文社
〒112-8011　東京都文京区音羽1-16-6
電話　(03)5395-8147　編集部
8116　書籍販売部
8125　制作部

ISBN978-4-334-10309-5　Printed in Japan

組版　萩原印刷

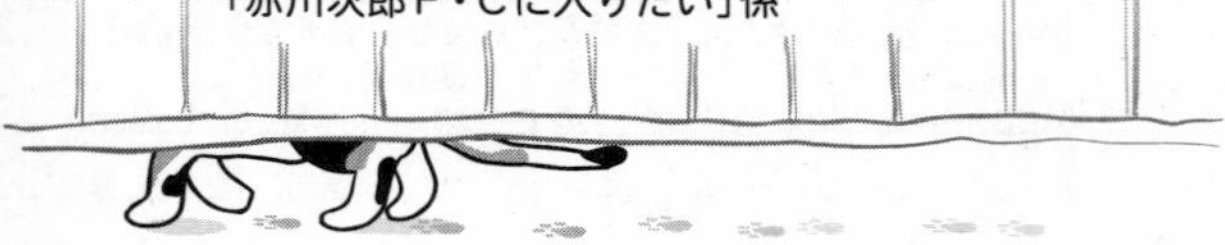